Scritt
101

MATTIA INSOLIA

GLI AFFAMATI

Romanzo

PONTE ALLE GRAZIE

In copertina: © Ferdinando Scianna/Magnumphotos/Contrasto
Art Direction: ushadesign

Ponte alle Grazie è un marchio
di Adriano Salani Editore s.u.r.l.
Gruppo editoriale Mauri Spagnol

Seguici su Facebook e su Twitter (@ponteallegrazie)
Per essere informato sulle novità
del Gruppo editoriale Mauri Spagnol visita:
www.illibraio.it

A chi è affamato,
che il mondo l'ha lasciato senza niente.
Venite fuori tutti, vi prego, e
distruggete i falsi idoli,
razziate le grandi città,
respirate la nuova aria.
Infine, appagate i vostri desideri.
A chi è affamato,
che il mondo l'ha lasciato senza niente,
adesso io dico: saziatevi.

Avvertì uno stridio di pneumatici, poi esplosero tre colpi.

Il lunotto posteriore dell'auto andò in frantumi. Lui si buttò per terra e, carponi, raggiunse il muretto di casa. Gomme che strepitavano, un auto che si allontanava rombando. E fu quiete. Rimase fermo. Gambe al petto, occhi serrati. Il silenzio pesava sulle orecchie come se avesse avuto corpo.

Un urlo squarciò l'aria e d'istinto si mise sulle gambe. Superò il muretto e raggiunse la Punto. Cocci di vetro dappertutto, ai suoi piedi una pozza porpora, brillante alla luce del lampione. Qualcosa di caldo gli bagnò le mutande, le cosce e i polpacci: si era pisciato addosso. Chiuse gli occhi, li riaprì e prese a pregare e a bestemmiare insieme. Dall'altra parte della strada si era formato un capannello di persone. Bocche spalancate, mani alla testa, sguardi su qualcosa che lui non poteva ancora scorgere.

Fece qualche passo avanti.

E lo vide.

Suo fratello giaceva in un guazzo di sangue. Braccia aperte, gambe in una posizione assurda, occhi a fissare il cielo senza vederlo.

Vomitò un fiotto bollente sull'asfalto. Tornò a guardare il cadavere e iniziò a piangere. Cacciò un urlo, raggiunse il corpo e gli si gettò sopra come a cercare di proteggerlo. Ma era tardi.

Avrebbe voluto essere morto pure lui.

Scosso dai singhiozzi, rantolava suoni insensati e tremava violento.

Lo prese tra le braccia, era pesantissimo, e urlò il suo nome. Gli frugò negli occhi, la testa ciondolante, ma non riuscì a trovarci un filo di vita. Lo baciò in fronte, gli si coricò accanto e gli poggiò il capo sul petto. Lo strinse a sé e pianse più forte.

L'uno accanto all'altro, immersi nel pantano di vetri e sangue, pareva che guardassero le stelle.

La discesa,
fatta di disperazioni e senza risultato,
conduce a un nuovo risveglio,
che è il rovescio della disperazione.
A quello che non possiamo realizzare,
a quello che all'amore è negato,
a quello che abbiamo perduto nell'aspettativa
segue una discesa,
interminabile e indistruttibile.
William Carlos Williams, *Paterson*

Io invece sono scivolata via e continuo a sci-
volare anche adesso, dentro queste righe che
vogliono darmi una storia mentre in effetti non
sono niente, niente di mio, niente che sia dav-
vero cominciato o sia davvero arrivato a compi-
mento: solo un garbuglio che nessuno, nemme-
no chi in questo momento sta scrivendo, sa se
contiene il filo giusto di un racconto o è soltan-
to un dolore arruffato, senza redenzione.
Elena Ferrante, *La vita bugiarda degli adulti*

Ci sedemmo dalla parte del torto perché tutti
gli altri posti erano occupati.
Bertolt Brecht

Due mesi prima

Paolo Acquicella era avido di distruzione.

Quando si svegliò, sudato, il fiato corto, la sua rabbia senza nome era già lì. Gli sedeva sul petto e pretendeva la sua attenzione. Non aveva ragione di esistere quella mattina, ma c'era e Paolo non poteva ignorarla. Sentiva la brama della lotta premere contro la cassa toracica. Selvaggia come ogni insorgenza spontanea, insaziabile come ogni necessità primordiale. Ce l'aveva sottopelle da che potesse ricordare. Combatteva feroce e implacabile per uscire dal suo corpo e dare mostra di una bestialità spettacolare. Spesso decideva di non battersi con quella rabbia. E la assecondava, quasi la seguiva.

Zittì la sveglia con una manata e si mise a sedere.

La bocca riarsa, sentiva il sapore della pizza alla marinara della sera prima. Si alzò, raggiunse la sedia da giardino davanti alla finestra e ci si mise sopra. Si poggiò alle ante e pisciò, innaffiando il giardino di sotto. La mattina gli piaceva farla da lì, poteva vedere il sole appena nato.

Si infilò le mutande, si trascinò in cucina e imprecò a niente e nessuno. Quella giornata era appena cominciata e Paolo era già in rotta con il mondo.

Antonio Acquicella scrutava torvo il soffitto.

Sdraiato scomposto nel letto, le lenzuola attorcigliate alle gambe, stette fermo fino a quando dalla cucina non giunse un tintinnio di stoviglie. Andò in bagno, si sciacquò la faccia e, in mutande pure lui, fu in cucina. Paolo mangiava una fetta pallida di pane e beveva una fanghiglia nera, gli occhi persi in qualcosa che poteva vedere solo lui.

I fratelli Acquicella si diedero il buongiorno.

Antonio prese l'ultimo pacco di biscotti in dispensa. Si appollaiò di fronte a Paolo e si versò una tazza di caffè, attento che la moka scassata non gocciolasse. «Ho sognato ch'eravamo ricchi. C'avevamo pure i maggiordomi e tu avevi deciso che ti sposavi colla cuoca. Eravamo felici».

Paolo rise. «Non mi sposerei mai a una della servitù».

«Oggi vado a fare la spesa che a casa non c'è niente».

«Compra il gelato al caffè. Non quello al cioccolato che non se lo mangia nessuno, poi. Quello al caffè».

Antonio annuì. «Ne prendo cinquanta dalla boccia».

La *boccia*, una vecchia boccia per pesci incrostata di calcare, era la cassaforte dei loro risparmi. La tenevano in cucina, accanto alle tubature del lavabo. Per Paolo era una furbata, nessuno avrebbe guardato lì. Per Antonio non importava dove la nascondessero, non ci stavano mai più di cento euro.

«Che fai, oltre alla spesa?»

«Vado da Italo. Ci passo un'oretta».

Paolo si limitò ad annuire.

La risposta non gli era piaciuta, Antonio lo sapeva. Paolo voleva che si andasse a cercare un lavoro, ma a lui non andava e comunque non avrebbe saputo da dove cominciare. E poi, si ripeteva sempre, era Paolo che si occupava di quel genere di cose. Non spettava a lui pensare ai soldi.

Paolo era il maggiore, ventidue anni, Antonio diciannove.

Avevano costruito una gerarchia che funzionava. E se avessero fatto altrimenti gli ingranaggi di quell'equilibrio si sarebbero inceppati. La loro vita era legata da un'implicita promessa di subalternità, spontanea ed eterna.

Finirono la colazione in silenzio, si accesero una sigaretta e tornarono nelle proprie stanze. Antonio, spalmato sul letto, fumò svogliato fissando la muffa sulle pareti. Paolo si vestì in fretta e fu pronto per il lavoro.

«Prendi il Boxer!» urlò Antonio da una camera all'altra. «Per il supermercato c'ho bisogno della macchina».

Paolo imprecò a voce alta, ma non obiettò.

Quando sentì la porta d'ingresso chiudersi, Antonio tornò in cucina.

Era piccola. Ci stavano appena il frigo, tavolo e sedie, la lavatrice rotta che usavano a mo' di cesto per l'immondizia, la tinozza sempre piena di stoviglie sporche e due sdraio scassate e chiazzate di Dio solo sapeva cosa davanti alla tivù, sulla mensola a cui era poggiato un manico di scopa.

Il mese prima avevano sorpreso un sorcio a rosicchiare degli avanzi. Paolo gli aveva lanciato contro il telecomando e poi, mentre l'arnese andava in frantumi, aveva afferrato una padella e lo aveva inseguito menando colpi. Da allora cambiavano canale con il manico di scopa.

Antonio avrebbe dovuto lavare le stoviglie sporche da giorni, quello sì che era compito suo, ma non gli andava. Attraversò di nuovo il corridoio che portava al bagno e alle camere da letto. Quella che era stata dei suoi genitori, in cui adesso dormiva Paolo, quella che era stata dei fratelli, che adesso utilizzava Antonio. Ed entrò nella sua.

Tirò su le serrande, il caldo invase ogni interstizio.

D'estate il paese era un forno.

Camporotondo contava diecimila anime, uno sputo di palazzine fatiscenti nel nulla meridionale su cui l'afa si abbatteva impietosa. Non c'era niente, a Camporotondo. E i suoi abitanti, quel niente, se lo facevano bastare con simulata indifferenza.

Piegò delle magliette stropicciate e le ripose nell'armadio a muro. Oltre a quello, al comodino monco e al letto matrimoniale, non c'era altro. Si fece una doccia veloce e poi, gocciolando sulle mattonelle chiazzate, stette a fissarsi davanti allo specchio.

Volto scavato, zigomi alti, capelli ricci. Cercava di dare delle sembianze familiari al proprio viso, ma a rispondergli era un riflesso che non riconosceva.

Prese le chiavi della macchina e quelle di casa. Cellulare, portafogli e delle banconote dalla boccia sotto al lavabo. Scese le scale e montò nella Punto. Pensò a Paolo in sella al Boxer, incazzato, e sulla faccia gli si allargò un sorriso cattivo.

Paolo era incazzato eccome, in effetti.

Il Boxer procedeva lento. Snervante, bastardo, triste. Dalla marmitta buttava un fumo nero e acre che gli intasava i polmoni. Così parcheggiò nello spiazzo per i dipendenti che era in ritardo. Di nuovo.

'Stavolta Serra mi fa il culo.

Paolo ci lavorava da più di un anno, al cantiere. Abbastanza da aver capito come girassero le cose lì e abbastanza da sapere che di addetti con un po' di cervello ce n'erano pochi. La maggior parte, poi, era della filosofia del 'lo faccio alla cazzo, tanto l'importante è che lo faccio'. E lui li odiava.

Da qualche tempo sognava di chiuderli tutti nelle palazzine finite a metà. Scheletri di cemento che faticavano a ergersi come giganti nati morti. Sognava di stendersi sul cofano della Punto, vodka e sigarette alla mano, e, premendo un pulsante, di far esplodere tutto. Di distruggere ogni cosa. Di guardare morire le bestie da soma che lavoravano lì riempiendosi del loro puzzo, delle loro grida. Nei suoi sogni strillavano come porci al macello, morivano urlando il suo nome come fosse un Dio.

Si guardò allo specchietto del Boxer e si lisciò le sopracciglia. Si vide grasso e flaccido, e provò un moto di disgusto per sé stesso.

Il sole picchiava.

Ai lati del piazzale, i container con bagni e spogliatoi, in fondo quello con gli uffici amministrativi. Filomena Carlucci, la segretaria dell'impresa, sedeva alla sua scrivania, rigida come un blocco di cemento. A tenerle compagnia c'erano due ventilatori, dentro il solito puzzo di cavolo bollito, sudore e fumo rancido di sigarette.

«Sei in ritardo» lo accolse, «Serra è più rompicoglioni del solito. Sbraita coi polacchi da ch'è arrivato».

Pensava che la Carlucci fosse una tipa tosta. Ma se c'era una cosa che lo faceva impazzire di quella donna secca e risoluta era il disprezzo che condividevano per il capo cantiere.

«Epperché coi polacchi?» chiese firmando il foglio delle presenze.

«Ecchenesò» rispose lei con una scrollata di spalle.

Paolo uscì rapido dal container, ma girato l'angolo,

come per un dispetto divino, quella che gli si parò davanti fu la faccia di Serra. Alto, magro e pallido, con i suoi perenni grumi di saliva agli angoli della bocca. All'apparenza era un coglione. Si diceva che i genitori fossero cugini, cosa probabile in un paesello come Camporotondo. Ma con Serra era meglio non scherzare. Quando c'era una situazione da *aggiustare* chiamavano lui, e con il tempo si era sparsa la voce che fosse pericoloso, che non andasse toccato.

Il capo cantiere lo scrutò per un lungo istante, poi: «Quand'è stata l'ultima volta che sei arrivato puntuale?»

A Paolo quel predicozzo pareva superfluo, ma non rispose.

«Qua non stai al bar cogli amici. Ci stanno degli orari e li devi rispettare perché se non li rispetti è come se non rispetti a me e se non rispetti a me io ti caccio».

Ora gli do un pugno, pensò, e si pizzicò la coscia.

«Se non vi spicciate» e indicò qualcosa di indefinito alle sue spalle, «se non lavorate come Dio comanda, sono costretto a cacciarvi».

Paolo si pizzicò più forte.

«Se non fai bene il lavoro finisce che devo sostituirti. Io alle sostituzioni le odio, ma se è necessario, amen. Chi s'è visto s'è visto. Lo capisci?»

Essere *sostituito* significava essere rimpiazzato da uno degli schifosi, e gli schifosi erano quelli che arrivavano nei camion o nei barconi, stipati come pecore e sporchi come porci, per fottere ai veri italiani donne e lavoro.

«Io c'ho bisogno di 'sto lavoro, mi serve e non...»

«Se ti serve, quello che devi fare per tenertelo è facile» lo interruppe.

«Lavora bene e vieni puntuale. E basta. Lo capisci?»
Le mani formicolavano, il cuore gli esplodeva.

Si costrinse ad annuire.

«E allora fallo, cazzo!» Serra lo superò e si allontanò.

Paolo rimase fermo. Muscoli tesi, respiro accelerato. Avrebbe voluto ucciderlo. Fracassargli la testa. Spaccargli la faccia. Ma doveva trattenersi, il lavoro gli serviva.

Si sentiva come se avesse avuto una mina sotto i piedi. Come se avesse trascorso la sua esistenza nello stesso punto, fermo in una posizione scomoda. Se solo avesse fatto un gesto, sarebbe saltato tutto in aria.

Il Conad di via Rea era il supermercato più grande di Camporotondo e aveva un bancone di formaggi per cui Antonio andava in estasi.

Asiago, fontina, taleggio, mozzarella, provola, stracchino, robiola.

Sarebbe campato solo di formaggio, lui, ma a suo fratello non piaceva. Certo, Paolo mangiava tutto. Non era uno dei ricchi schizzinosi, come li chiamavano loro. Quelli che tolgono il grasso dal prosciutto o la buccia dalla mela o la crosta dalla pizza. Se però avesse dovuto scegliere tra del formaggio e una fetta di carne o un piatto di pasta o una confezione di birre, avrebbe scartato il formaggio senza pensarci. E visto che era Paolo che lavorava, di formaggio in casa non ne entrava. L'unico giorno in cui Antonio poteva abbuffarsi di latticini era quello del suo compleanno. Il fratello lo portava al caseificio dei Bozzo, a venti chilometri da Camporotondo, e lì mangiava fino a scoppiare.

Prese uno dei cestini rossi parcheggiati alle casse. Si fece strada tra gli scaffali stracolmi e i clienti stravuoti.

E si mise a osservare i formaggi disposti in file ordinate. Avrebbe voluto portare a casa due, tre, quattro, cinque, sei, sette forme e mangiarle con il pane azzimo, che era il suo preferito. La mano andò allo stomaco mezzo vuoto. Si girò e si trascinò via.

Comprò quello che c'era in lista e infilò le buste nel cofano della Punto. Il sudore gli appiccicava la maglietta alla schiena. Si sentiva sporco.

A casa sistemò la spesa e si appollaiò sul davanzale della finestra della sua stanza. Poi si accese una sigaretta e decise che prima di andare da Italo si sarebbe fatto un'altra doccia.

Era di un anno più grande, Italo. Si era appena diplomato. La definizione di *miglior amico*, nella sua interezza, ad Antonio sfuggiva, ma pensava lo stesso che gli si adattasse bene. Sapeva di casa. E non di casa di Antonio, che puzzava ed era troppo fredda in inverno e troppo calda in estate. Sapeva di casa in un modo buono. Gli dava quel senso di protezione che provava a dicembre sotto il piumone con la borsa dell'acqua calda.

Si fece la doccia. Lavò a mano la maglietta sudata nel lavabo della cucina e se ne mise un'altra. Tornò in macchina. Partì.

Gli Acquicella abitavano in periferia.

Camporotondo era un pezzo di terra sconclusionato dal quale la gente cercava di fuggire in tutti i modi e chi restava quasi si vergognava di farlo. Di continuare la propria vita. Sposarsi, mettere al mondo delle creature. Mancava tutto, lì. Aria, luce, spazio vitale per la speranza che l'inatteso accadesse; un recinto per polli, un purgatorio terrestre.

Antonio da piccolo pensava che il paese fosse un bel

posto. Lui e Paolo giocavano nel giardino sul retro. C'erano un'altalena e uno scivolo, ma preferivano schiacciare lumache, formiche e farfalle. Spesso, poi, prendevano l'autobus e bazzicavano tra piazza Cavour e il bar centrale, dove spendevano in brioches con lo zucchero i pochi spiccioli che avevano.

Era stato bello, ma non ne rimaneva più niente.

Il pezzo di giardino dietro casa era diventato una discarica a cielo aperto. Le loro camere da letto davano su quell'angolo di verde e se dovevano buttare qualcosa lo facevano dalla finestra. Il prato era giallo e duro come cemento. Rovi ed erbacce si erano accaniti sullo scivolo e sull'altalena, divorando la loro infanzia. Paolo ci pisciava pure, lì sotto; in piedi su una sedia, si calava le braghe e orinava dalla finestra.

Antonio ora attraversava il paese con la radio a tutto volume. Verso il centro, le villette malandate, pareti scrostate e verande macilente, lasciavano il posto alle palazzine tracagnotte, balconi presieduti da gerani mezzo appassiti e da finestre aperte su stanze minuscole. Italo abitava in piazza Cavour, in una palazzina di quattro piani tutta della sua famiglia. Il padre era primario al San Carlo, l'ospedale del paese, e di soldi in casa ne entravano a palate.

Parcheggiò e citofonò.

«I tuoi non ci sono?» domandò Antonio quando fu dentro.

«Papà è al lavoro, mamma a sbrigare delle commissioni» fece Italo.

Grande, fresca per i condizionatori che lavoravano inesausti, piena di suppellettili, quadri e tappeti, era ordinata come un museo. Camera di Italo invece era disseminata di fumetti, poster di cartoni animati e trofei di tutti i tipi, poi foto, coccarde e attestati: era un monumento alla sua persona.

«Ieri sono uscito con Floriana Sapienza» disse Italo, si tolse le scarpe e si sedette sul letto.

«A-ah, la sorella di Simone». Antonio gli si mise accanto.

Annuì. «Se devi stare sul letto togliti le scarpe, che me lo insozzi».

«È carina, lei. Mi piace. Ha un bel culo».

«Sì, ma è scarsa di tette. Eppoi... senti, te le togli le scarpe? T'ho detto che me lo insozzi».

«Ma perché?»

Che significa *perché*? Sono sporche, checcazzo!»

Antonio mugugnò poi obbedì.

«Non è solo per le tette» riprese Italo. «È che è strana. Non mi pare a posto colla testa».

Antonio si scrollò. «Chi è a posto colla testa a Camporotondo?»

«È che mi pare una un po' chiusa, sai? Per i fatti suoi».

«Che avete fatto, comunque?» si informò Antonio.

«Abbiamo mangiato *All'antico fornaio*, ci siamo presi una cosa da bere al *Miami* e siamo andati alla vecchia cascina». La vecchia cascina, tutto fuorché una vecchia cascina, era la casa di campagna della famiglia di Italo. «L'abbiamo fatto, ci siamo visti un film, l'abbiamo fatto di nuovo e l'ho riaccompagnata a casa».

«Avete scopato?»

«Due volte» fece Italo, e sorrise.

«Alla prima uscita?»

Annuì.

Antonio avvertì una strana sensazione di malessere. Non era gelosia, ma nemmeno semplice fastidio. «Facile, la ragazza» scherzò, incerto.

«È una cosa normalissima. Sei tu che non ci sei abituato, a 'ste cose, ma è così che vanno. Te l'assicuro!» Italo pareva risentito.

Lui non rispose.

Era vero, di esperienze ne aveva avute poche. Non aveva idea se si facesse sesso alla prima uscita. Lui lo aveva fatto solo con un paio di prostitute e con Erika, con cui due anni prima era stato per qualche mese. Quindi sì, era vero tutto, ma il fatto che Italo lo avesse puntualizzato lo mise a disagio.

Bussarono alla porta, se ne aprì una fessura e fece capolino la madre di Italo. Entrò in camera. «Sai che ti pensavo, poco fa?» sorrideva e intanto lo guardava nel modo in cui lo guardavano tutti gli adulti che conoscevano la sua situazione: pena. «C'è questa mia amica. L'ho incontrata al mercatino biologico. Quello in piazza Spirito Santo, sai? E m'ha detto che hanno bisogno di una mano. Falciare il prato, fare il bucato… e ho pensato a te, che magari vuoi metterti qualcosa da parte quest'estate. Ti do il numero e la chiami, se t'interessa».

Antonio pensò a Paolo. In testa sentì la sua voce dirgli che un lavoro se lo sarebbe dovuto trovare, prima o poi. «Sì, certo. Grazie».

Lei esibì un nuovo sorriso esagerato e scomparve oltre il corridoio.

I ragazzi rimasero in silenzio , poi Italo, occhi incollati al cellulare, gli domandò: «Hai da fare? Vuoi pranzare qui e poi ci vediamo un film».

Quando Paolo ricevette il messaggio, stava per partire dal cantiere. Era Antonio. Diceva di essere appena tornato da casa di Italo, che erano stati lì tutto il giorno, avevano visto un film e fumato un paio di canne. Chiedeva anche se potevano ordinare la pizza per cena.

Fancazzista, pensò, e rispose di sì.

Le sette di sera. Attraversava Camporotondo, il Boxer che gemeva.

Meditò se fare un salto dal pakistano per una bottiglia di grappa. Ne aveva una alla nocciola che era fenomenale, ma si disse che era una cattiva idea. Oltrepassò l'incrocio tra via Gramsci e via Pascoli senza fermarsi allo *stop* e un tizio in Panda gli urlò contro. Lui gli rise in faccia e suonò il clacson. Adorava far incazzare la gente. La loro frustrazione gli solleticava lo stomaco e glielo faceva pure drizzare, certe volte.

In quelle occasioni in sé stesso riconosceva il padre.

Stefano Acquicella era così. Irascibile, cruento, rissoso. Una perenne incazzatura stampata in faccia, una bottiglia incollata alla mano come fosse un prolungamento dell'arto. Si sfondava ogni sera, qualsiasi cosa ci fosse in casa andava bene: l'importante era che potesse spegnere i pensieri. Paolo non sapeva quali pensieri dovessero essere spenti nella testa del padre. Stefano aveva il sughero al posto del cervello, e uno con la materia grigia bucherellata non gli pareva tipo da avere pensieri da spegnere.

Suo padre spaccava lo stereo con un pugno, ma nessuno aveva diritto di fiatare. Suo padre si schiantava con la macchina contro un palo della luce, ma nessuno aveva diritto di fiatare. Suo padre perforava un timpano a sua madre e incrinava due costole a Paolo, ma nessuno aveva diritto di fiatare.

Era tutto e sempre e solo per spegnere i pensieri. Era una fantasia di Giovanna, quella, e Paolo l'aveva odiata per questo. Voleva proteggere il marito, ma ai suoi occhi di bambino era chiaro che non era lui, quello bisognoso di aiuto.

Poco male, si ripeteva: tutto alla fine aveva trovato un equilibrio. I fratelli erano rimasti soli più di un anno prima. Si erano dati delle regole, a ognuno dei compiti, e, nonostante gli intoppi, di problemi non ce n'erano.

Si immise in via Magellano, accelerò.

Pensava alla pizza, sperava che gli idioti de *La gustosa* non tardassero. E pensava alla tivù, sperava che ci fosse un film decente e non una delle solite porcherie che davano la sera. Procedeva dritto e pensava alla pizza e alla tivù. Pensava alle cose di tutti.

Antonio dormiva. Telecomando in una mano, spinello nell'altra. In tivù la pubblicità di una birra, i ventilatori, inutili e stanchi, spostavano l'aria calda, dal lavandino si alzava un puzzo indecente.

«Anto, svegliati» disse Paolo, brusco.

Aprì gli occhi. «Che ora è?»

«Le sette e mezza. A che ora arriva la pizza?»

«Alle nove». Si stiracchiò e si accese una sigaretta.

«Apparecchia la tavola» gli ordinò. «Io mi devo fare la doccia».

In camera sua si spogliò. Ammonticchiò i vestiti su un cumulo di indumenti sporchi per terra, spedì le scarpe sotto al letto e, nudo, si mise alla finestra. Dal giardino si alzava un olezzo allucinante, con tutta l'immondizia che ci si era accumulata dentro.

Dobbiamo andarcene da qui.

Sentì un formicolio all'inguine. Chiuse la porta e pigiò

il bottone alla parete, la lampadina impiccata al soffitto si spense. Prese un fazzoletto dal comodino e si sdraiò, nudo e con l'uccello duro. Se lo prese in mano e andò in onda la sua fantasia preferita.

Pensava alla donna del bar centrale. Sui quaranta, si manteneva bene: labbra gonfie di silicone, tette che strabordavano. Se la figurò in strada, di notte, che camminava da sola. Lui la seguiva senza fare rumore, poi la prendeva per i capelli e le tappava la bocca. La trascinava in un vicolo e le assestava un paio di manate. Le strappava i vestiti, la sbatteva contro al muro e la prendeva da dietro. Lei intanto lo pregava di smettere, gemendo di piacere e di dolore. D'un tratto accanto a lui si materializzava un uomo senza volto. Muscoloso, ben fatto. Si piazzava davanti a lei e la obbligava a succhiarglielo.

Fu un atto veloce e nervoso.

Gettò il fazzoletto dalla finestra, andò in bagno e si fece la doccia.

«Checcazzo, ce l'hai fatta!» lo accolse Antonio, in cucina.

«Non rompere le palle, accendi 'sta canna» e si posizionò sulla sdraio accanto a lui.

In tivù c'era CSI, *che stronzata*.

Antonio tirò, una nuvola di fumo invase la cucina. «Com'è andata?»

«Serra m'ha fatto due coglioni così perché ero in ritardo».

Antonio trattenne e sbuffò, poi gli passò la canna.

«Hai sentito del negro ch'hanno trovato in via Verdi colle gambe rotte?» fece Paolo. «È stato lui. Gliel'ha rotte com'a dei grissini. Com'a dei cazzo di grissini. Il

26

negro lavorava per lui, c'è stata una discussione e Serra l'ha massacrato con due dei suoi».

Antonio cambiò canale e si concentrarono sulla tivù.

Dopo un'ora erano fatti. Testa leggera, pensieri rallentati. E quando arrivò il fattorino della pizzeria quasi non lo sentirono. Antonio scese, saldò e fece due chiacchiere con Marco, il ragazzo che lavorava per *La gustosa* e che frequentava il suo stesso liceo. Paolo supervisionava dall'alto, affacciato alla finestra della cucina. Aveva fame. Perché suo fratello non si spicciava? Cazzo. Era sempre lento. Lentissimo. «Antonio!» urlò a pieni polmoni.

L'altro alzò gli occhi, piccato «Arrivo, un momento!»

«Muoviti, c'ho fame!» e si sedette a tavola.

«Perché hai urlato in quel modo? M'hai fatto vergognare».

«Eddài, smettila. Metti qui 'ste pizze. Saranno la fine del mondo».

Si ingozzarono in silenzio ingurgitando pure i bordi. Finita la cena, i cartoni delle pizze ancora in tavola, si versarono un cicchetto di Averna a testa e si accesero una sigaretta. Paolo era rilassato. Si addormentarono davanti alla tivù.

Giovanna Acquicella scese dal treno con un vestito leggerissimo, occhiali da sole a gatto e un largo cappello lilla. In una mano una *pochette* di perline, nell'altra un borsone da palestra.

Si diede un'occhiata intorno, poi si diresse verso l'uscita con gli occhi che indugiavano su tutto ciò che incontrava. Aveva deciso di registrare ogni dettaglio, ma ogni odore, ogni rumore, ogni rugosità le faceva male.

Credeva di essere pronta e si stava scoprendo debole, impreparata. Il problema non era Camporotondo, ma i demoni che infestavano quella discarica umana.

Sei la più forte di tutti, qui… sei la migliore di tutti, qui, si ripeteva.

Si costrinse a calmarsi. Uscì e cercò il tassì. In paese ce n'era uno soltanto; era così da sempre, stazionava sempre lì davanti, a guidarlo era sempre lo stesso tipo. Sempre, sempre, sempre. A Camporotondo non cambiava mai niente. Montò, partirono verso il B&B. Palazzine macilente, strade rattoppate in malo modo, persone che arrancavano sospinte da una forza che detestavano ma a cui non sapevano opporsi. Quegli organi in decomposizione, parti di un cadavere livido, passavano lenti e silenziosi oltre il finestrino. E le davano il loro sadico bentornato.

C'hai lasciato i tuoi figli, qui, sentì echeggiare tra le orecchie.

A parlare era stata una voce nella sua testa. Da che aveva abbandonato Camporotondo era comparsa a più riprese. Si era manifestata all'inizio, nella stanza a noleggio di Roma, ma poi si era spenta. Da che aveva deciso di tornare in paese, però, era tornata pure lei. E aveva rimesso tutto in discussione.

Era stata egoista? Sì.

Era stata stronza? Sì.

Era una madre degenere? Sì.

Sì, sì, sì. Sì e soltanto sì. Sì a tutto. Ma tornando indietro si sarebbe comportata in modo diverso? A quella domanda era incapace di rispondere.

Camporotondo era un album di vecchie foto che sbiadivano. E lei voleva solo che si cancellasse del tutto per crearne uno nuovo, fatto di feste di compleanno e domeniche al mare. Certi pezzi li aveva già. Un lavoro in cui non era costretta a sgobbare, un bell'appartamento, un compagno che l'amava e che la viziava. Aveva tutto ciò che le serviva per essere felice, ma non riusciva a scrollarsi di dosso l'idea che fosse una bugia eretta su una massa di corpi agonizzanti. Martiri sacrificati in nome della sua felicità cretina. Ed ecco perché era tornata a Camporotondo. Per tirare fuori quei corpi dalle macerie.

Bugiarda. Non sopporti più i lamenti che arrivano dalle fondamenta.

Non sapeva come avrebbero reagito i figli, ma covava la speranza che l'accogliessero a braccia aperte. Immaginava di trovarli in casa. Paolo sarebbe rimasto a fissarla, era il più diffidente. Antonio sarebbe corso ad abbracciarla, era il più buono. E lei avrebbe pianto di gioia. Quelle due vecchie foto Giovanna avrebbe potuto appiccicarle nel nuovo album. Quei due corpi sofferenti avrebbe potuto tirarli fuori dalle macerie. Il pensiero la faceva stare bene, la faceva sentire importante. Una supereroina.

Viveva in una grande città e girava in auto, adesso. Possedeva un conto in banca e un computer con internet, adesso. Aveva imparato un mucchio di cose sul mondo e sulla vita e su sé stessa, adesso. Valeva più di chiunque altro, in quel ridicolo affastellamento di anime, adesso. In un certo senso, aveva davvero dei poteri speciali e, in un certo senso, era davvero compito suo salvare i figli.

Cinque anni prima non aveva avuto scelta. Non sapeva dove andare, da chi scappare, cosa fare. Non aveva luoghi, amici, idee o sentimenti che fossero solo suoi. Non le apparteneva niente, neanche sé stessa.

In certi posti non poteva andarci.

Altrimenti la gente chissà che pensa, eppoi io ci debbo rimediare.

A certe persone di confidenza non poteva darne.

Altrimenti la gente chissà che pensa, eppoi io ci debbo rimediare.

Certe cose non poteva farle.

Altrimenti la gente chissà che pensa, eppoi io ci debbo rimediare.

Quella frase era una minaccia. Stefano usava un tono apprensivo, ma nel suo sguardo lei scorgeva una scintilla. Un lampo temporalesco. Baluginava negli occhi di lui, rapido, preannunciando un dolore rude. E lei tutte le volte poteva solo pensare che se si fosse abbattuto con più violenza, sarebbe morta.

Viveva in cella. A scontare un ergastolo di cui non aveva coscienza per un crimine che non aveva commesso. Ma Giovanna era evasa, alla fine. E la vita se l'era ripresa. Era sua, adesso. Solo sua.

La Punto ferma in strada, dietro le auto strombazzavano isteriche.

Quando riuscì a entrare, Antonio sferrò un pugno alle buste sul sedile che ingombravano l'abitacolo «Libri?» sbraitò guardandoci dentro.

Paolo partì «Non sono miei» pareva quasi giustificarsi, «stavano nei cassonetti davanti al cantiere. Glieli porto alla libreria in via Leopardi che se gli dai i libri usati ti danno i soldi».

Attraversavano il paese. Era sabato sera, fine luglio.

Antonio aveva pranzato con Italo a *I giardinetti*, il centro commerciale della città vicina. Ci andava spesso, ma non comprava mai niente: costava tutto troppo.

Bar, pizzerie e negozi, un supermercato, una sala giochi e un cinema. A Italo servivano certi vestiti per la palestra, roba attillatissima, costosissima. Ed erano andati a *I giardinetti*. Di pomeriggio si erano fermati in piazza per una canna e un gelato, e suo fratello era passato a prenderlo lì.

Sarebbero usciti con gli amici di Paolo, quella sera. Antonio li odiava, ma non aveva scelta.

«Qual è il programma?»

«Intanto torniamo a casa. Mi voglio riposare e fare la doccia, prima di uscire. Poi ceniamo da Nicola e andiamo al *Miami*». Paolo si accese una sigaretta.

Antonio piantò gli occhi sul cruscotto. «Forse ho trovato un lavoro».

Paolo si soffocò col fumo.

«La madre di Italo conosce una che sta cercando un tuttofare e un paio di settimane fa m'ha dato il suo numero. L'ho chiamata 'stamattina e m'ha dato appuntamento alla prossima settimana».

«Appuntamento per cosa?»

Antonio fece spallucce.

«E per quante ore dovresti lavorare?»

«Non lo so».

«E la paga?»

«Non lo so».

Paolo annuì. Spense la sigaretta sul tettuccio e gettò il mozzicone dal finestrino. Si sarebbe dovuto complimentare con Antonio, ma non ci riusciva. Le parole gli rimanevano incagliate in gola, come se avesse avuto qualcosa di acuminato a ostruirgliela. Gli aveva chiesto di trovarsi un lavoro. Avevano litigato perché lui stava tutto il giorno a menarselo mentre Paolo si spaccava il culo in cantiere. E Antonio un lavoro se l'era trovato. Allora perché era tanto incazzato con suo fratello?

Per il resto del tragitto non parlarono.

A casa, in piedi davanti al frigo, la cucina buia e calda, si fecero fuori un paio di fette di mortadella. Poi, mentre Antonio si stendeva su una sdraio in cucina e accendeva la tivù, Paolo andò in bagno. Si fece una lunga doccia fredda poi, infilato nell'accappatoio, sentì il campanello suonare.

E chi è?

Non aspettavano nessuno. Loro non aspettavano mai nessuno.

Si asciugò alla bell'e meglio, indossò vestiti alla rinfusa e attraversò il corridoio, rapido. In cucina si bloccò. Sull'uscio, la porta d'ingresso ancora aperta, c'era una donna. Sulla testa un cappello di un colore troppo acceso, sul naso degli occhiali da sole troppo larghi.

E chi è? si ripeté, stupido e stupito, ma sapeva bene chi era. L'aveva riconosciuta. E l'aveva riconosciuta subito.

Ebbe una vertigine, dovette poggiarsi alla dispensa.

La tivù era accesa, ma il silenzio tra le persone nella stanza ne sovrastava il suono. Antonio era davanti alla tinozza. Mano ancorata alla maniglia dell'ingresso, occhi sulla donna, bocca spalancata. Lei si sfilò occhiali e cappello, poi sorrise incerta. Braccia lungo il corpo, sguardo basso, gambe appiccicate tra loro come a non farsi scappare qualcosa di importante. Paolo trovò che fosse cambiata. I capelli lisci a caschetto, prima lunghi e mossi. Alle orecchie, al collo, ai polsi, alle dita gioielli grossi e colorati, prima solo la fede. La pelle olivastra e rilassata, prima pallida e tirata.

È truccata. *C'ha pure il rossetto. Ma mamma non si trucca mai.*

Paolo avrebbe voluto parlare, ma non ci riusciva.

Giovanna ruppe il silenzio con la voce che tremava «Posso entrare?» ma non attese risposta e fu in casa. I suoi occhi si posavano su ogni mobile graffiato e pezzo di muro imbrattato. Mise occhiali e cappello sul tavolo e, come aveva studiato la cucina, tornò sui figli, soprammobili malandati.

«Che cazzo ci fai qui?» Paolo aveva ritrovato la voce.

Il viso della madre ebbe uno spasmo, contrazione traditrice.

Lui ripeté la domanda.

«Siete due uomini...» fu la risposta. «Avete la barba...» e sorrise.

«Sono passati cinque anni».

«...»

«T'ho chiesto che cazzo ci fai qui».

«Sono venuta per voi».

«Non ti vogliamo».

Solo allora Antonio riuscì a muoversi. Si voltò e lanciò un'occhiata al fratello, ma lui fece finta di niente. Paolo sapeva cosa stava pensando. Cosa avrebbe voluto dire, ma non glielo avrebbe permesso. Quella faccenda poteva finire in un modo soltanto, ed era il modo di Paolo.

«Possiamo parlare, per favore?» riprese Giovanna, conciliante.

«Non abbiamo niente da dirci».

«So che siete arrabbiati con me, ma voglio spiegarvi».

«Che cazzo vuoi spiegarci?» Paolo sentiva montare la rabbia; saliva al cervello, gli velava gli occhi. «Vuoi spiegarci perché te ne sei scappata com'a una stronza? O perché c'hai avuto il coraggio di tornartene solo adesso ch'è morto?»

Lei non parlò subito. «Mi dispiace per papà, ma non ho...»

«È morto un anno e mezzo fa».

«Non è stato facile, Paolo».

«Manco per noi».

«Posso immaginarlo, ma non ho...»

«Non ce ne fotte niente, di quello che c'hai e che non c'hai. Te ne devi andare» disse avanzando, minaccioso; fece un cenno con il capo ad Antonio e lui, rapido, meccanico, gli si mise accanto.

Come in due schieramenti opposti, si fissavano da una parte all'altra.

«Papà non era una brava persona» disse lei, calma «Eravate piccoli e non potevate capirle, certe cose, ma non ho avuto scelta. Dovevo andarmene. *Dovevo...* ma adesso siete grandi e se solo potessimo parlare sono sicura che...»

«Parlare?» tuonò Paolo. Antonio si ritrasse. «E di che cazzo vuoi parlare?» Calò una manata sul tavolo. «Di quando te ne sei scappata e c'hai lasciati con lui? O di quando c'eri e non facevi un cazzo?»

«Paolo, aspetta...»

«Ho aspettato!» urlò, isterico. «Cinque anni, porcoddio!»

Giovanna fece un passo indietro. «So che...»

«Tu non sai un cazzo!» calò un'altra manata, il tavolo tremò. «Sai ch'è finito all'ospedale due volte dopo che te ne sei scappata?» indicò Antonio. «Sai che me ne sono dovuto stare a letto colla schiena a pezzi per tre giorni, una volta? E sai com'è morto?»

«…»

«No!» strillò. «Non lo sai perché non c'eri!»

Giovanna abbassò gli occhi. Piangeva, tremava. Le spalle curve, le dita intrecciate tra loro, le ginocchia unite.

Il cadavere di Stefano lo aveva trovato Paolo una domenica mattina.

Il padre si era ubriacato, la notte prima. E alzandosi era scivolato, e si era aggrappato al cavo della tivù. Una di quelle vecchie, enormi, pesantissime. E quella gli era piombata addosso. Gli aveva colpito zigomi, naso e denti, fracassandoli. Era venuta giù dalla mensola, a due metri da terra. Lui, steso di schiena, era svenuto e morto soffocato dal suo stesso vomito.

La tivù, beffarda, accanto alla testa spappolata. La faccia del padre impastata di vomito e sangue. Immagini che lo avevano torturato per mesi.

«Antonio, tu cosa…» tentò Giovanna.

«Non osare metterlo in mezzo» ringhiò Paolo. «Abbiamo sofferto com'a dei cani perché tu sei una vigliacca. Non t'avvicinare mai a noi o t'ammazzo! Non vogliamo niente da te».

Lei annuì. Poi, lenta, lentissima, andò alla porta. Si voltò, guardò Antonio a lungo, nella speranza, forse, che lui la guardasse a sua volta. E quando capì che neanche il minore dei suoi figli l'avrebbe graziata, uscì.

Paolo prese gli occhiali e il cappello di Giovanna, dimenticati sul tavolo, e li lanciò dalla finestra. Entrò nella sua stanza, sbatté la porta e urlò al muro.

Antonio rimase in cucina, fermo.

Stesso punto, stessa posizione in cui era stato per l'intera lite tra Paolo e Giovanna. Era successo in pochi minuti. Non aveva avuto il tempo di capire cosa stesse accadendo che era già finito tutto. Si chiese se fosse stata una sorta di allucinazione, ma poi si affacciò e per strada vide cappello e occhiali. Ebbe la tentazione, istinto viscerale, di correre a prenderli. Sollevarli dall'asfalto per strapparli al mondo, portarli in casa, nasconderli in un posto sicuro.

«Vatti a fare la doccia». Suo fratello era tornato in cucina.

Antonio avrebbe voluto abbracciarlo. Stringerlo a sé per trovare un equilibrio. Un punto di mezzo tra il vuoto e la saturazione. Lo guardò a lungo, pregando che capisse e che acconsentisse. Poi, senza dire una parola, capo chino e braccia penzoloni, andò in bagno.

Paolo aveva fatto bene, a fare quello che aveva fatto. Lui non ne avrebbe avuto il coraggio, ma era stata la cosa giusta. Giovanna non meritava una seconda possibilità.

Quando era sparita non era cambiato nulla ed era cambiato tutto. Paolo non aveva versato una lacrima. La rabbia era stata più forte della sofferenza, e qualcosa dentro di lui si era indurito, calcificato nel profondo. Antonio si era chiuso in camera per tre giorni. Non aveva mangiato né parlato, aveva solo pianto. Finché Stefano, una sera di quiete apparente, aveva deciso che doveva smetterla, di piangere una defunta che non era morta.

Si mise sul cesso e attaccò a singhiozzare. Testa poggiata al muro, braccia molli, occhi alla parete di fronte. Lasciava che le lacrime scendessero sulle guance.

Sentì un fruscio e Paolo, dall'altra parte della porta, parlò: «Capisci perché l'ho fatto?»

«…»

«Anto… capisci perché l'ho fatto?»

36

«Sì».

«Sei arrabbiato con me?»

«No».

«Non ne voglio parlare più. Non è successo niente, oggi, okay?»

Silenzio.

Nicola abitava in un bel residence. Con il prato e tutto il resto. Ma ci vivevano perlopiù pensionati e zitelle e aveva un'aria malinconica. Pareva che lì dentro la vita si annullasse in attesa di qualcosa che faticava ad arrivare. E in quell'aspettativa stava tutto fermo.

Paolo attraversava il viale del complesso, Antonio gli stava dietro e fumava nervoso.

Lo chiamò. «Va tutto bene?»

Antonio annuì.

«Mi sembri colle chiappe strette».

«Sto a posto».

Suo fratello era uno di quelli che passano la vita con il broncio. Che adorano sentirsi dire *ma che c'hai?, stai bene?*, è successo qualcosa?, solo per rispondere che va tutto alla grande. Ma con il broncio.

Affanculo, Paolo non si sarebbe fatto guastare l'umore.

Suonarono il campanello, Nicola aprì subito la porta. Alto, naso storto e denti che si accavallavano come in una ressa. Nel seminterrato trovarono Carlo, il secondo degli amici di Paolo. Basso e magro come un manico di scopa, capelli biondo paglia unti e appiccicati alla testa a pera. I genitori di Nicola erano partiti per il fine settimana, la casa era tutta per loro.

Ci voleva un po' perché le pizze surgelate fossero pronte e decisero di occupare il tempo bevendo e fumando. Carlo tirò fuori dalla tasca un paio di canne, le accese e le passò. Paolo aprì della grappa, la versò e distribuì i bicchieri. Brindarono e mandarono giù. Nicola preparò il secondo giro, gli spinelli passavano di mano in mano.

Di nuovo giù: secondo, terzo, quarto giro.

Paolo avvertiva il calore dell'alcol irradiarsi nello stomaco.

Il fumo galleggiava. L'euforia cresceva. Le risate echeggiavano nel seminterrato. Era uno stanzone disadorno. C'erano il tavolo da ping pong a cui erano seduti, uno stereo muto e un acquario disabitato pieno di un piscio verde e puzzolente. Si fecero il quinto e il sesto giro. Finirono le canne. E le pizze furono pronte. Due capricciose e due margherite su cui Nicola scaricò una confezione di salame troppo freddo e una di olive al forno troppo salate.

«C'avete mangiato mai a *Le tre caravelle*?» chiese Carlo con la bocca piena «Sta in via Pilo. La migliore pepata di cozze del mondo!»

«Non mi piace il pesce» fece Paolo, disgustato.

«Fanno pure la pasta colle vongole?» domandò Antonio.

«A me piace il tonno» commentò Nicola. «Ce l'hanno, il tonno?»

«Sicuro!» rispose Carlo. «C'hanno pure la pasta colla bottarga».

«Ch'è la bottarga?» domandò Antonio.

«Uova di pesce» fu la risposta di Paolo.

«Quello non è il caviale?»

«Pure. Mi sa che sono uova diverse» disse Carlo. «E comunque c'hanno tutte 'ste cose qui. Qualche volta c'andiamo?»

«Tu sei scemo!» lo rimproverò Paolo. «Costerà un macello».

«M'è venuta voglia della frittura mista che fanno alla spiaggia dietro al boschetto» disse Nicola. «Con tre euro ti danno un cono pieno di pesce fritto coll'olio che cola ovunque».

«C'andiamo, a mare, domani?» chiese Carlo. «Così possiamo farci pure la frittura mista».

«A me va» disse Nicola. «Relax... sole...»

A Paolo la domenica piaceva dormire fino a tardi. Era il suo unico giorno libero, il resto della settimana lo passava a sgobbare in cantiere, e tutto ciò che gli andava di fare era stare a casa in panciolle. Davanti alla tivù. Ventilatori sparati addosso, canna in una mano e birra nell'altra.

Quei due invece non avevano mai niente da fare. Con i genitori a parargli il culo e i soldi che gli uscivano pure dalle orecchie. Nicola lavorava per l'azienda di famiglia. Producevano arance che spedivano pure al Nord. Ma non stava a spaccarsi la schiena nei campi, per quello avevano i neri che per tre euro l'ora li ringraziavano pure. No, lui *sbrigava la contabilità*. Un bel modo per dire che non faceva niente. Carlo invece se ne stava a casa tutto il giorno e si ammazzava di seghe. Diceva di voler diventare uno di quelli che fanno i videogiochi, che li creano e via discorrendo, ma poi, in effetti, ci giocava e basta.

A Paolo spesso davano sui nervi. Erano inetti, mediocri. Ma con lui si comportavano bene e tanto gli bastava. Avevano scorto il suo potenziale. Capito che Paolo necessitava solo dell'occasione giusta per dimostrare al mondo la sua superiorità; raggiungere la cima della montagna e, da lì, farsi una pisciata. E in questo, senza manco saperlo, lo aiutavano.

«Decidiamo dopo, inutile che ci pensiamo ora» decretò Paolo.

Finita la pizza, Nicola materializzò dal nulla un bottiglione di Rum. Sottomarca da due soldi, forte come benzina. Carlo preparò altre due canne e le passò. Luce soffusa, afa feroce, al tavolo da ping pong appiccicaticcio due ore dopo erano ubriachi e fatti. Paolo aveva un sorriso idiota stampato in faccia. La leggerezza che associava all'unica pace che conoscesse, la libertà dalla rabbia che lo dominava, lo aveva fatto suo. Era il senso di distacco dal mondo che solo l'alcol sapeva concedergli. Lontano da tutti di appena un palmo, protetto da mura che impermeabilizzavano la sua esistenza dal flusso acido che voleva corroderla.

Risate fragorose. Aria satura. Euforia galoppante.

Paolo fu percorso da una scossa elettrica. Avrebbe potuto schiacciare il mondo con una mano. Antonio, Carlo e Nicola erano prolungamenti del suo stesso corpo. Si attaccò al rum e se lo scolò tutto. Rivoli colavano su mento e collo. Uscirono di casa, montarono nella Mito di Carlo e partirono.

Al *Miami* il mondo girava più veloce, più confuso. Aria irrespirabile. Caldo opprimente. C'era un puzzo indecente, sudore e fumo di sigarette. Luci basse. Musica al massimo, roba elettronica che rimbombava impazzita e faceva vibrare tutto.

Persone avide di contatto. Schiene che si appiccicavano, mani che si sfioravano, gambe che si intrecciavano. Ballavano tutti con le braccia all'aria, saltavano, si dimenavano impazziti. Ovunque solo corpi che si agitavano. Caldi, frenetici, rapidi.

Si buttarono nella mischia pure loro e si fecero strada

fino al centro. Paolo voleva divampare. Quella musica, quella gente, quell'odore erano benzina. Gli si avvicinò un corpo di donna. Presero a ballare insieme. La sentiva aderire a ogni curva, il suo profumo aveva invaso tutto, le mani artigliavano in una ricerca spasmodica. Poi le labbra. E una lingua dura, ruvida, fece irruzione. Sapore di fragola e fumo di sigarette. Lei biascicò qualcosa, lui le rispose strizzandole il culo. Andarono ai bagni, saltarono la fila spintonando tutti e si infilarono in quello per i disabili. Uno stronzo vomitava a gambe tese. Paolo lo afferrò per i capelli e lo buttò fuori. Entrò con lei, chiuse la porta e guardò il corpo di donna che si alzava la gonna con lo sguardo che non c'era. La prese dai fianchi, la mise faccia a muro e le divaricò le cosce. Si calò le braghe, la penetrò ed esplose.

In quel gesto, quella notte, lui non era presente.

C'era solo la sua rabbia senza nome.

Anna Franchini si svegliò alle sette, quella domenica mattina.

La sera prima aveva mangiato popcorn da microonde e gelato in vaschetta. E adesso se ne pentiva. Andò allo specchio e si strizzò i fianchi. Si passò una mano sull'addome flaccido e cercò di tirare in dentro la pancia. Si lisciò i capelli, decise che si sarebbe fatta lo shampoo. Vide tre nuovi brufoli, decretò che si sarebbe fatta una maschera di argilla.

Floriana, Martina e Benedetta quella mattina sarebbero andate in spiaggia. A esibire i corpi modellati in palestra. Lei non ci andava mai, molle e bianca come il culo di un monaco. Sua madre le aveva comprato dei costumi che parevano fatti apposta per nascondere la ciccia. Tutti balze e fiocchi. Li aveva provati e aveva constatato che, per quanto non risolvessero il problema, la fasciavano nel modo giusto. Anna aveva le tette grosse e un sedere pessimo. E i costumi nuovi le si adattavano bene. Così, il giorno prima, al bar centrale con le amiche, aveva detto che ci sarebbe venuta pure lei, al mare. Si sarebbe vergognata, forse, ma non poteva vivere da reclusa alla sua età.

Però dopo tutti quei popcorn... si disse guardandosi meglio allo specchio, *ma vaffanculo, oggi me ne vado al mare, punto e basta!*

Doveva costringersi a uscire dal guscio. O sarebbe finita sola, povera e pazza. Una zitella mezza scema che vive con un'armata di gatti e attacca bottone con ogni conoscente che incontra al supermercato.

Diciotto anni, in sovrappeso, con solo tre amiche e manco l'ombra di un fidanzato: era già sulla buona strada.

Floriana, Martina e Benedetta non facevano altro che parlare delle loro esperienze. Di come si facevano *quello* o *quell'altro*. Lei tutte le volte si sentiva a disagio. Una ritardata. Fuori posto. E voleva porci rimedio. Così aveva deciso che entro la fine dell'estate avrebbe perso la verginità. Aveva sempre pensato che il sesso fosse una cosa speciale. Da fare con persone importanti. Ma le chiacchiere delle sue amiche avevano svilito l'idea che ne aveva e ucciso tutto il romanticismo. Adesso aveva solo fretta.

Si diede un'ultima occhiata allo specchio e decise che avrebbe fatto colazione con un bicchiere di latte e nient'altro. Aprì l'armadio e ne estrasse i costumi nuovi, la crema depilatoria, i trucchi, l'arricciacapelli, gli smalti e la lozione per il corpo.

Voleva sentirsi bella, Anna Franchini. Voleva sentirsi come tutti.

Antonio aveva la nausea.

Al tavolo della cucina, mani affondate nella faccia, si malediceva per aver bevuto tanto, la sera prima. Gli girava la testa, avvertiva una strana oppressione ai polmoni e un saporaccio in bocca.

Le undici. Si era svegliato per il caldo. Aveva pisciato, mancando a tratti il cesso. Si era attaccato al rubinetto, ingollando lunghe sorsate. E aveva messo su il caffè. Adesso aspettava che la moka borbottasse. Nudo se non per gli occhiali da sole sul viso stropicciato dal sonno e il cappellino zuppo d'acqua fredda sulla testa dolente.

La serata era stata tremenda. Paolo, Carlo e Nicola erano ubriachi già a mezzanotte. Suo fratello era quello messo peggio. Al *Miami* Paolo aveva rimediato una scopata. Ma poco dopo, tornato con un sorriso soddisfatto ed ebete, aveva vomitato in mezzo alla pista. Ed erano stati costretti ad andare. Si erano fatti la canna della buonanotte nelle campagne abbandonate. Un pezzo di terra dove andavano a fare sesso e fumare. Alla fine erano rincasati all'alba.

Mise in tavola il caffè, ci aggiunse qualche biscotto e mandò giù. Si accese una sigaretta e, ancora nudo, si alzò. Accanto all'ingresso c'erano le buste che Paolo aveva preso dai cassonetti. Ci rovistò dentro: libri spessi e sottili, nuovi e consunti. Alcuni li aveva sentiti nominare, altri non gli dicevano niente. Ne prese uno: *Stoner*, di John Williams.

Se dico a Paolo che lo voglio tenere m'ammazza. Vuole i soldi.

43

Corse in camera e lo nascose sotto il materasso. Lo osservò un'ultima volta e tornò in cucina. Un clacson strombazzò sotto la finestra. Poggiati alla fiancata di una Mito, appena oltre il muretto di casa, c'erano Carlo e Nicola, in costume da bagno e canottiera.

«E allora?» urlò Carlo. «Vi muovete o no?»

«Ma che?» fece Antonio.

«Come *ma che*? S'era deciso d'andare a mare, ieri!»

«Che cazzo dici?»

«Alle campagne! Ho detto se v'andava il mare, alla fine, e m'avete detto di sì».

Era vero, lo ricordava solo adesso. «Paolo sta dormendo».

«E tu aprici che lo svegliamo noi».

Antonio si infilò un paio di pantaloni di tuta, appallottolati a un angolo della cucina, e aprì. Servì loro caffè e biscotti. Poi Carlo e Nicola decisero che era il momento di svegliare Paolo. Lui intanto andò in bagno. Puzzava. Sudore rancido, rum e fumo di sigarette. Capelli impastati, braccia appiccicose. Si spazzolò i denti e si infilò in doccia. Indossate le mutande, si rimise a letto.

«Si può sapere perché cazzo li hai fatti entrare?» Paolo era davanti la porta; in mutande pure lui, il faccione assonnato massacrato da alcol ed erba.

«E che dovevo fare, lasciarli fuori?»

«Ho un giorno solo per riposarmi e mi devono svegliare 'sti due?»

«Non prendertela con me, gli amici sono i tuoi. Io ho...»

«Non me la prendo con te, stai sereno». Sbuffò e se ne andò.

Eccheccazzo, è sempre colpa mia in questa casa!

Tornò in cucina, i tre erano seduti attorno al tavolo. Prese posto.

«Quanto tempo ti serve per prepararti?» stava chiedendo Carlo.

«Che ne so, un quarto d'ora». Paolo si era acceso una sigaretta.

«Eddài, è tardi!» si lamentò Nicola. «Non puoi spicciarti?»

«Non rompere i coglioni, è domenica» fu la risposta. «Antonio, il caffè» ordinò senza guardarlo. «Fammelo, che 'sti due stronzi me l'hanno finito e c'ho bisogno del caffè, adesso».

«Fattelo da solo, mica sono il tuo schiavo».

«Non attaccare anche tu, okay? C'ho i postumi».

«E chi se ne fotte? Non sei l'unico, sto di merda pure io».

«Antonio» ringhiò Paolo. «Fammi il cazzo di caffè».

«Non capisco perché non te lo puoi fare da solo, io c'ho...» attaccò Antonio, ma non poté finire la frase che suo fratello si alzò di scatto; la sedia si rovesciò per terra, le tazze caddero e si ruppero.

«Basta!» ruggì Paolo, calò una manata sul tavolo e afferrò Antonio per la gola. «Non t'ho chiesto un cazzo di niente di complicato, porcalaputtana! È una cosa semplice. Devi fare il caffè. Solo il caffè!» altra manata «Perché cazzo devi stare qui a lamentarti? Non lo puoi fare e basta?»

Le dita del fratello artigliate alla gola, Antonio lo guardava con tutto l'odio di cui era capace.

Paolo funzionava come una pentola a pressione. Sfiatava un perenne filo di rabbia necessario a non farlo esplodere. Ma se il coperchio fosse saltato tutta la smania di distruzione che gli ribolliva dentro si sarebbe liberata. Antonio era lo stronzo costretto a tenere una mano sul coperchio. E per questo lo odiava, e per questo si odiava. E certe volte lo odiava tanto da pensare di amarlo, e certe volte si odiava tanto da pensare che lui e Paolo fossero la stessa persona.

E in fondo, forse, era vero. Ognuno è solo ciò che può perdere, e tutto ciò che Antonio aveva al mondo era suo fratello.

«Vaffanculo» mormorò, si divincolò dalla presa e obbedì.

Preparò il caffè.

In cucina calò il silenzio.

Passarono minuti lunghissimi. Paolo intanto fece colazione, senza parlare e con l'aria soddisfatta. Antonio si sedette sul davanzale della finestra e prese a fumare. Carlo e Nicola non fiatavano neanche, impegnati a confondersi con la mobilia.

«Io mi vado a preparare» disse Paolo alzandosi da tavola. Ruttò, si avvicinò al fratello e gli poggiò una mano sulla nuca. «Poi andiamo a mare e ci divertiamo, è vero?» sorrise.

La rabbia di Antonio sparì come se non fosse mai esistita.

Andava sempre così. Come un fuscello, si piegava nella direzione della folata più forte. Non sapeva reagire alle emozioni. Viveva nella forma comandata da chi gli stava vicino. Antonio campava per gli altri, e così moriva ogni giorno.

Partirono mezz'ora dopo. Le strade erano intasate. Al parcheggio, Paolo litigò con dei ragazzi per uno spazio incuneato tra due moto. Quando scese dall'auto la discussione parve degenerare. «Esci da 'sto coso! Forza, esci, stronzo! Te lo devi guadagnare, 'sto posto. Esci, se c'hai le palle!»

I ragazzi si allontanarono chiedendo scusa. Antonio abbassò lo sguardo e sprofondò nel sedile.

In spiaggia non c'era un centimetro libero, una distesa di ombrelloni e teli da mare.

«Zulù del cazzo. Non c'hanno che fare e s'ammassano qui come pecore» si lamentò Paolo.

Famiglie con appresso cane, frigo portatile e un'anguria ancorata a un sasso nel bagnasciuga. Comitive che avevano montato gazebi e tende da campeggio, radio che trasmettevano canzoni diverse. Coppie avanti d'età che leggevano su sdraio sformate e maledicevano i bambini che, rimbalzando come palle pazze, schizzavano sabbia ovunque. In fondo al litorale, dove la spiaggia curvava e lasciava posto al mare, si stagliava solitario un isolotto. Era a una cinquantina di metri dalla terraferma, al centro torreggiava un faro dismesso, vetri rotti, pareti scrostate.

Trovarono un paio di metri liberi. Stesero i teli e si misero in costume.

Antonio aveva la testa bollente e la maglietta zuppa di sudore.

Paolo si stese e si accese una sigaretta «Sai cos'è eccezionale? Se vai a prendere il pesce fritto e ce lo porti qui» disse ad Antonio.

«Epperché devo andarci io?»

«C'ho fame».

«Vuoi sul serio che vado a prendere il pesce fritto *da solo*?»

Per tutta risposta Paolo prese delle monetine dal portafogli e gliele passò. Poi si rivolse a Carlo e Nicola. «Se lo volete pure voi conviene che gli date i soldi, così lo compra per tutti».

«Ti faccio compagnia» disse Carlo.

«No. Ci vado da solo» ringhiò Antonio.

Gli consegnarono gli spicci, lui mise le infradito e si diresse verso il bagnasciuga. Il posto dove preparavano il pesce fritto non era distante. Cinque minuti al massimo. Ma, sotto il sole cocente e con il cuore offeso, ad Antonio parvero il triplo. Il bar-ristorante era sulla spiaggia. In legno, bianco e blu, tendaggi leggeri al posto delle pareti, chincaglierie appiccicate qui e lì, tronchi levigati invece delle sedie. Antonio stava attraversando la spiaggia quando si sentì chiamare. Si voltò: Anna Franchini gli veniva incontro.

«Scusa, non t'avevo vista!» la salutò; rapido, si lisciò i capelli e tirò in dentro la pancia.

«Come stai?»

«Sai… mare, amici… insomma, l'estate…» balbettò, pietoso.

Anna annuì, perplessa. «Devi prendere qualcosa al bar?»

«Il pesce fritto».

«Il pesce fritto?»

«Il pesce fritto, sì».

«Non è pesante per la spiaggia?» Anna accennò una risata.

«Non è per me» si giustificò. «È per i miei amici».

Risero assieme.

«Io devo prendere i gelati. Sono con Floriana, Martina e Benedetta, ma hanno messo l'olio e m'hanno mandata a me» rise, 'stavolta quella in imbarazzo parve lei.

Non era una bellezza, Anna. Grassoccia, curve tutte sbagliate e brufoli ovunque. In compenso aveva dei bei lineamenti e le tette grosse, e quando sorrideva era carina. Le sue amiche invece sì, che erano delle fiche. Benedetta la sua fantasia preferita, Martina la ragazza con cui era stato Paolo la sera prima, Floriana quella con cui era stato Italo. Troppo belle, troppo popolari, troppo tutto per Antonio.

Fermi in fila, stettero in silenzio; una cortina di disagio a separarli.

Antonio sentiva gli occhi di tutti piantati addosso. Si sentiva speciale, *penseranno che stiamo assieme, che siamo fidanzati.*

Si beò di quella fantasia e per un po' divenne la sua realtà, poi tornò in sé e si sentì stupido: nessuno li stava guardando.

«Hai tanti compiti per le vacanze?» domandò lei.

«Un macello. La Ferrante c'ha dato un libro intero di esercizi! Ma non li faccio» disse con il tono da duro. «Non c'ho intenzione di passarmi l'estate sopra ai libri» e incrociò le braccia.

Anna sorrise, lui si sentì incoraggiato.

«Eppoi c'ho un lavoro, adesso, e non c'ho tempo da perdere».

Non è proprio una bugia, si giustificò, *sto solo anticipando i tempi.*

«Stai lavorando?» si interessò Anna; a lui parve carina. «Che fai?»

«Niente di che, sai...» non ci riuscì a inventare una balla su due piedi. «Non è il lavoro della mia vita, diciamo... mi metto i soldi da parte. Voglio viaggiare, sai».

«Anch'io!» trillò Anna. «Voglio andare ad Atene e a Berlino!»

«Io in Australia. È gigantesca, molto più grande dell'I-talia».

«E in America? Io ci sono andata l'anno scorso coi miei genitori, è come nei film! Due anni fa siamo stati a Parigi e prima a Londra, a Tunisi e a Madrid. Tu dove sei stato?»

A Roma, quand'hanno operato papà dopo l'incidente in via Ippocrate. A Tropea, alla casa a mare di un'amica di mamma. E a Grosseto, la volta che papà s'era convinto di poter diventare ricco col commercio di tartarughe sarde. Eppoi basta. Niente di niente.

Ma piuttosto che dirlo si sarebbe buttato a terra e finto morto.

«Il prossimo!» chiamò la cassiera.

Antonio prese quattro cartocci di frittura mista, Anna tre gelati.

«È stato bello vederti» lo congedò lei, sorridendo dolce.

Si scambiarono un bacio per guancia, e Antonio avvertì il suo profumo: era come di bucato appena fatto, pulito, fresco. «Ti va se usciamo assieme?»

Cazzo, non era stato il cervello a inviare l'impulso alla bocca, la bastarda aveva fatto tutto da sola.

«Come scusa?»

La frittata era fatta. «Sì, sai, voglio viaggiare, adesso che c'ho i soldi» *ma quali soldi?* «e visto che sei stata in tutti quei posti, pensavo che potevi darmi dei consigli...» penoso, un vero fallimento.

Anna lo squadrò dalla testa ai piedi. Poi sorrise. «Chiamami».

Cristoddio!

Si salutarono. Lui con malcelata goffaggine, lei con affettata disinvoltura. E si separarono.

Antonio sentiva il cuore leggero.

Anna non aveva niente di incredibile. Era una come tante. Anzi, forse era pure peggio. Ciò che gli piaceva era l'idea di lei, ciò che agognava era sentirsi speciale. Importante, desiderato, fondamentale per la vita di un'altra persona. E credeva che quel genere di emozioni le avrebbe trovate abbandonandosi tra le braccia di qualcuno. Non qualcuno in particolare, chiunque poteva andare bene. Persino Anna, che non trovava né bella né interessante.

Quella necessità lo riempiva fino a svuotarlo di ogni altra cosa.

Raggiunse gli altri e consegnò loro il pesce fritto.

Antonio diceva tutto a suo fratello, ma decise che non gli avrebbe raccontato di Anna. Sapeva già quale sarebbe stata la sua reazione, e non gli andava di starlo a sentire; 'ma chi, quella cicciona? È un prosciutto colla voglia di cazzo, lasciala perdere'. No, Paolo non avrebbe avuto voce in capitolo. Quella storia Antonio voleva scriverla da sé.

Il sole calava, la spiaggia si svuotava.

Paolo era seduto sul telo da mare, tra le gambe una bottiglia di vodka vuota. L'avevano comprata al bar. Carlo e Nicola si rincorrevano sul bagnasciuga. Alticci, euforici. Antonio, sdraiato, era nel dormiveglia. Il mare si era tinto di arancione. Paolo doveva ammetterlo, era stata una bella giornata. Di quelle che ti lasciano addosso una morbida malinconia. Si accese una sigaretta, ingollò una sorsata di alcol e si mise sulle gambe. Indossò la felpa che si era portato appresso, attraversò la spiaggia barcollando un po'; quando immerse i piedi fu percorso da un brivido che gli snebbiò la testa.

Una coppia, all'incirca della sua età, lo superò e nuotò

verso il largo. Lei sussultava e si lamentava del freddo, ridacchiando. Lui la incoraggiava, l'abbracciava, la baciava. Procedettero fino a diventare due puntini lontani nella distesa ambrata che si increspava.

Paolo si calò le braghe e pisciò nella loro direzione.

Suonò la sveglia, lui leggeva il libro nascosto sotto il materasso.

Il cane di Carrisi aveva preso a sgolarsi all'alba, e Antonio non era più riuscito a dormire. Si alzò, sudaticcio, e andò in bagno. Negli ultimi giorni a mare si era bruciato, petto e zigomi arrossati. Avrebbe voluto metterci della crema, ma non ne avevano. Gli pareva che in frigo ci fosse uno yogurt scaduto, però, e da qualche parte aveva letto che per le ustioni andava bene.

Fece colazione e ciabattò in camera di Paolo. Russava a pancia in su. Lo chiamò, ma pareva in coma. Lo chiamò più forte: niente. Di nuovo: niente. Gli si sedette accanto e lo scosse.

«Che ora è?» biascicò bocca impastata, faccia nel cuscino.

«Le nove».

«Cazzo dici». Non era una domanda, sembrava più una minaccia.

Ora dice ch'è tardi e che dovevo svegliarlo e ch'è colpa mia.

«Le nove...» quella di Antonio sì, che pareva una domanda.

«Porcalaputtana, perché non m'hai svegliato?» si infilò in bagno.

Antonio andò in cucina e mise in tavola il caffè.

«Lo sai che devo andare in cantiere!» sbraitò il fratello prendendo posto. «E lo sai che Serra mi fa il culo se c'arrivo tardi! Perché non m'hai svegliato, me lo dici?»

«...»

«Parla, Antonio, se stai muto sembri scemo! Che sei, scemo?»

Fece no con la testa.

«Appunto, e allora perché non m'hai svegliato?»

«...»

«Allora?»

«...»

«Parla, cazzo!»

«Non lo so perché non t'ho svegliato. E... hai ragione, scusa».

Paolo bevve il caffè e si alzò, veloce. Poi, lento, lentissimo, si avvicinò ad Antonio e gli prese la faccia tra le mani. «Non ti tratto male perché sono stronzo. E se ci sono volte che lo pensi voglio che sai ch'è perché voglio prepararti a quello che c'è fuori. Nel mondo cercano sempre d'incularti. Credimi ch'io lo so. Ci sono passato. E tu puoi fare solo due cose. O te la fai ficcare in silenzio o tiri fuori le palle e al primo che ti tocca gli fai capire chi è che comanda. Capisci cosa sto dicendo?»

Antonio era incantato, fissava il fratello senza parlare. Per la prima volta in vita sua si accorgeva di un particolare: avevano gli stessi occhi. Colore, forma, espressione. Identici. Eppure c'era anche qualcosa di diverso. Qualcosa a cui non avrebbe saputo dare una definizione.

«M'ascolti o no? Capisci cosa sto dicendo?»

Annuì.

«Bene. E siccome non voglio che mio fratello si fa inculare dal primo stronzo, devo farti forte. Lo faccio per-

ché voglio che impari a lottare epperché ti voglio bene!
Lo sai, sì?»

Annuì.

Paolo lo fissava. Le mani ancora a stringergli la faccia.
E con lo sguardo pareva che gli rovistasse dentro. Alla
ricerca di un appiglio che lo aiutasse ad andare avanti,
di un'approvazione che gli desse forza. E Antonio pensò
che suo fratello, forse, era fragile come tutti.

«Quello che faccio lo faccio per farci stare a galla, lo
capisci?»

Annuì.

«Bravo a mio fratello!» gli diede un bacio in fronte e
uscì.

Parcheggiò che era in ritardo di venti minuti.

La Carlucci preparava un caffè. Dietro la scrivania,
gli occhi immersi in certi fascicoli, c'era Serra «Sei li-
cenziato. Fatti la giornata e sparisci». Lo disse senza
manco guardarlo. «Prima di andartene passa che ti do
il mese».

«Sono in ritardo solo di *venti minuti*!»

«È una questione di principio».

«'Affanculo, non mi puoi licenziare!»

«Non me lo dici tu, che posso e non posso fare, testa
di cazzo».

Calmo. Stai calmo.

«T'avevo detto che dovevi venire puntuale e t'avevo
detto che se continuavi a farti i cazzi tuoi ti cacciavo. E
tu ch'hai fatto? I cazzi tuoi. Quindi adesso ti levi dai coglioni».

«No».

«…»

«…»

«Ch'hai detto?» sibilò Serra, attraversò il container e gli si piazzò a un paio di centimetri dalla faccia. I pugni stretti, il petto gonfio.

Paolo avvertiva il suo alito fetido, ma non era spaventato. Era pronto allo scontro. Lo agognava. Voleva sentire il naso del bastardo rompersi contro le sue nocche. Vedere il sangue schizzargli fuori dalle narici.

Affanculo, l'ammazzo.

Stava per colpirlo, quando si intromise una voce. «Il caffè».

Si voltarono, la Carlucci tendeva un bicchierino al capo cantiere. Serra la guardò, sorpreso come fosse appena tornato alla realtà. Prese il caffè e lo mandò giù. Tornò alla scrivania, inspirò ed espirò. «I principali t'hanno preso perché conoscevano a tuo padre, quando gli ho detto che sei un coglione m'hanno detto di non licenziarti». Paolo lo sapeva: il lavoro lo aveva avuto grazie a Stefano; gli era stato più utile da morto che da vivo. «S'era per me eri già fuori, ma quelli m'hanno detto di non farlo per rispetto a lui. Te lo giuro sulla Madonna e su tutt'i santi, però: sgarra ancora e ti mando a casa col culo rotto. M'hai sentito, testa di cazzo?»

Paolo lo aveva sentito, sì, ma non gli stava bene. Non aveva intenzione di rispettare l'autorità di un idiota qualsiasi. Al solo pensiero gli bruciava il sangue nelle vene. Ma non aveva scelta. Strinse i pugni, digrignò i denti e, facendo uno sforzo enorme, annuì. Serra gli lanciò un'ultima occhiata, poi uscì dal container.

Paolo non si mosse, alzò lo sguardo e incontrò quello della Carlucci. La osservò per qualche secondo, in silenzio. Poi uscì anche lui.

Era come se dentro avesse avuto milioni di spilli. Un unico ammasso che spingeva verso l'esterno. Qualcosa che, sepolto vivo nel suo stesso corpo, si ingrandiva sempre di più. Come a volerlo sopraffare, soffocare. Qualcosa che odiava e che venerava allo stesso tempo, lo schiacciava e lo teneva ritto.

Attraversò il piazzale. Entrò in uno dei bagni chimici. Si chiuse la porta alle spalle. Sferrò un calcio al cesso. Poi un altro e un altro e un altro ancora. Fino a fracassarlo.

Antonio cercava il civico dei Veronesi in sella al Boxer.

Abitavano in una zona periferica. Ville larghe e spigolose, siepi alte a proteggerle, vialetti presieduti da macchinoni tirati a lucido. Era un quartiere per ricchi, quello; Antonio sentiva il profumo dei soldi. Posteggiò, si sistemò i capelli allo specchietto del motorino e si tolse del dentifricio dal mento. Aveva le mani sudaticce, in mezzo a quel ben di Dio si sentiva un sorcio in un salotto da tè. Pigiò il pulsante sul citofono, l'etichetta recitava 'Veronesi – Marasco'.

«Chi è?»

«Antonio…» balbettò. «Per il lavoro».

Il cancello si aprì e lui salì il vialetto che conduceva all'ingresso. Da una parte un giardino immenso. Dall'altra un terrazzo con un gazebo circondato da vasi di piante fiorite, un barbecue in muratura, una dispensa in vetro e una piscina piena d'acqua cristallina. Sulla porta, una donna sulla quarantina armata di un bel sorriso. Fu quella la prima cosa che notò di Oriana Veronesi: aveva un sorriso dolce. La seconda fu che era ingioiellata come un santone.

Si strinsero la mano e rimasero in silenzio. Pagine

56

antitetiche di una stessa storia. L'uno di fronte all'altra esprimevano il naturale contrasto governante il mondo. C'era una simmetria in quella crudeltà. Lei ben vestita e profumata, lui con i jeans strappati e la maglietta acre di sudore; lei sorridente e sicura, lui contrito e imbarazzato.

«Accomodati» gli fece strada, gli indicò il divano in soggiorno e gli offrì una Coca Cola.

«No, la ringrazio» rispose, e si sedette, rigido per paura di rovinare il divano. «Ha una bella casa».

Antonio non aveva mai visto niente del genere. In posti così dovevano abitarci gli attori americani o i rapper con i medaglioni d'oro o i ricconi delle industrie, pensava. Di certo non credeva che potessero esserci anche in un buco di culo come Camporotondo.

Quella villa pareva sacra, richiedeva una reverenza di cui lui non era provvisto. E quella perfezione lo spaventava.

La Veronesi si guardò attorno. Come a constatare che, in effetti, la casa fosse bella. «Immagino che Marianna ti abbia accennato qualcosa».

Parlava della madre di Italo, Antonio disse di sì.

Gli spiegò di cosa si sarebbe dovuto occupare. Tagliare il prato, pulire la piscina, verniciare qui e lì, occuparsi dei cani. «Hai qualche domanda?»

Antonio scosse il capo e tornò a vagare con lo sguardo. Perso in quello che per lui era uno sfarzo principesco. Pensava che sarebbe stato bello vivere in quel mondo come fosse il suo. Un alieno in visita su un pianeta lontano. Immaginava di correre per la villa. Intrufolarsi in ogni angolo e fare suo ogni pezzetto. Ma, allo stesso tempo, il pensiero di toccarne anche un solo centimetro lo terrorizzava.

Era tutto troppo grande, troppo bello, troppo pulito per lui.

Quell'aria troppo rarefatta perché potesse respirarla con i suoi polmoni, catramosi del fumo delle sigarette. Quei mobili troppo lustri perché potesse toccarli con le sue dita, sporche di grasso e polvere. Quelle persone troppo brave e buone perché potesse guardarle con i suoi occhi, carichi delle oscenità a cui avevano dovuto assistere.

Antonio agognava un cambiamento, e quel lavoro sarebbe potuto essere un buon inizio, ma gli si rivoltava lo stomaco all'idea di abbandonare ciò che aveva. All'idea di abbandonare quei polmoni catramosi, quelle dita sporche di grasso e polvere, quegli occhi carichi delle oscenità a cui avevano dovuto assistere. In fondo non possedeva niente, neanche sé stesso, forse. Ma pur di tenerselo stretto, quel niente tanto rassicurante, avrebbe rinunciato a qualsiasi altra cosa.

«Lavoreresti solo di mattina» diceva la Veronesi. «Torno a casa subito dopo pranzo e...»

«Non posso» la interruppe, veloce e balbettando.

Lei si ammutolì, confusa.

«...mi spiace» sussurrò, le parole si incagliavano nella codardia e gli si incastravano in gola.

«Non puoi?»

Antonio fece no con il capo.

«C'è qualcosa che non va?»

«...»

«È per la paga? Pensavi fosse...»

«No, non è per i soldi».

«...»

«È solo che non posso». Cercava di inventarsi una

scusa, ma non riusciva a mettere i pensieri in fila. «Non posso e basta».

Lei gli poggiò una mano su una spalla. Lo fece con delicatezza, e per Antonio fu come essere sfiorato per la prima volta in vita sua. «Stai bene?»

Dopo un po' lo condusse all'uscio. Antonio uscì e raggiunse il motorino. Gli girava la testa, aveva il fiato corto. Indossò il casco, diede un'ultima occhiata alla villa e partì. Con un groppo in gola e la voglia irrefrenabile di tornare indietro e rimangiarsi tutto.

Se fosse nato in un'altra famiglia quello, forse, sarebbe stato suo.

Sveglia presto ogni mattina, colazione con la macedonia di frutta e a scuola in moto da cross. Avrebbe preso bei voti, rigato dritto e parlato bene, con le parole giuste. Di pomeriggio al campo di calcio, di sera fuori con gli amici o con la fidanzata. In inverno a sciare, in estate al mare. Il giovedì sera al cinema con i suoi, la domenica a pranzo dai nonni. Avrebbe letto un sacco di libri, imparato l'inglese, viaggiato.

Avrebbe avuto le cose di tutti. Avrebbe avuto più di chiunque altro.

Lanfranco Nucci era sulla statale in direzione Nord. Era notte fonda e doveva raggiungere Milano prima dell'alba.

Lanfranco, ventotto anni, si credeva brillante, bello e donnaiolo. Laurea in economia a Roma e master a Londra. Aveva frequentato una scuola estiva negli Stati Uniti, che lui chiamava *gli steiz*, lavorato per un anno a Bucarest e per due a Madrid. Si era fatto un mazzo così, ma nel frattempo non si era fatto mancare niente. Specie la fica: di fica ne aveva avuta a palate. Fica di tutte le nazionalità e di tutti i colori e di tutte le razze e di tutte le taglie. Quindi sì, sulla carta Lanfranco era brillante, bello e donnaiolo. Ma nella realtà dei fatti era un banalissimo, comunissimo *figlio di papà*. Lui stesso ne era cosciente, sebbene si ostinasse a ignorare quella consapevolezza. Era tutto merito di suo padre, se era quello che era. E basta.

Se vantava tanti trenta all'università, era perché *papino* sapeva quali ingranaggi oliare in facoltà. Se scopava con tante ragazze, era perché *papino* gli passava un appannaggio allucinante, e a Lanfranco bastava sventolare una banconota e sfoggiare un Rolex o un Burberry o un Cartier.

Negli anni ottanta Piergiorgio Nucci aveva fondato la *MetalPro*. Una mezza baracca che produceva protesi su commissione. L'azienda si era ingrandita, aveva incorporato metà della concorrenza e oggi valeva trenta milioni e aveva fabbriche in Romania e in Moldavia.

E tutto quel ben di Dio un giorno sarebbe stato di Lanfranco.

Che cazzo potrei farci con tutti quei soldi? si domandava, *coca e femmine,* si rispondeva: *me la spasso a vita, tiro dritto fino a che schiatto.*

Viveva senza freni. E di freni non ne avrebbe avuti mai. Non rallentava appresso a nessuno, lui. Le zavorre le gettava in strada. Motivo per cui adesso stava andando a Milano. Seduto nella Porsche di *papino*. Aria condizionata al massimo, musica a tutto volume. Correva a duecento verso la zavorra di cui doveva liberarsi. Si era fatto una striscia prima di partire e presto se ne sarebbe fatto un'altra. E intanto sperava di incontrare delle puttane, aveva l'uccello duro da che gli era salita la botta.

Il peso morto che 'stavolta cercava di frenarlo rispondeva al nome di Elettra Brancaccio. Una parrucchiera di Sesto San Giovanni con le aspettative di vita pari a quelle di un gatto in tangenziale. Lanfranco aveva fatto un errore: ci aveva scopato. E Dio gli aveva impartito una lezione: la stronza era incinta. Ma quella cretina con le pezze al culo non poteva essere la madre di suo figlio. Non era uno qualunque, lui. Valeva più degli altri. E meritava più degli altri.

Correva a Milano perché la deficiente avrebbe dato la notizia ai genitori, il giorno dopo, e non poteva permetterlo. I vecchi, scoperto il patrimonio di Lanfranco, avrebbero brindato come avvoltoi su una carcassa.

Zecche di merda.

L'avrebbe convinta ad abortire. Se fosse stato necessario, le avrebbe staccato un assegno. Se fosse stato necessario, ci avrebbe pensato lui stesso: una pillola nel tè e ciao ciao, bimbo bello.

Si fece una striscia in corsia di emergenza, poi ripartì. Alzò il volume. Pigiò l'acceleratore. E prese a cantare con Giuliano Sangiorgi. Strafatto, qualche secondo dopo notò una lucetta strana su un cavalcavia.

Paolo rincasò incazzato. Di nuovo.

Quei giorni al cantiere erano stati pesanti. Serra lo aveva preso di mira e non aveva fatto altro che dargli addosso. Così lui era stato per i fatti suoi, covando una furia che era andata ingrandendosi sempre di più. Entrò in cucina. Aleggiava un puzzo molesto, cavolo bollito e sudore. Antonio, in mutande su una sdraio, fumava e guardava la tivù. Lo salutò, lui non lo degnò di uno sguardo e si diresse in camera. Calciò le scarpe contro il muro e si stese sul materasso. Braccia spalancate, sguardo al soffitto.

Se stasera sto a casa finisce che ammazzo a qualcuno.

Chiamò Carlo, gli disse che voleva uscire. Riattaccò, tornò al nulla.

«Serra t'ha rotto i coglioni?» Antonio gli si sdraiò accanto.

«Silenzio. Silenzio pesante».

«Sei incazzato per la storia dell'altro giorno?» tentò Antonio.

«...»

«T'avrei dovuto svegliare l'altra mattina. Non lo so perché non l'ho fatto. E mi dispiace se quello stronzo t'ha fatto il culo per colpa mia. Scusa, okay?»

Paolo si prese qualche secondo prima di parlare. «Bravo, ci vogliono le palle per capire quando si sbaglia. Ma le scuse sono da finocchi. E tu non sei finocchio, spero. Se dici scusa stai dicendo che sei inferiore, e tu non sei inferiore a nessuno. Capito?»

«Sì».

«Se sbagli e sai ch'hai sbagliato, ti stai zitto e vai avanti. Due cose sbagliate ne fanno una giusta. Capito?»

«Sì».

«Vai a preparare, io faccio la doccia che puzzo com'a un cane».

Sentiva ancora la rabbia agitarglisi dentro, ma adesso stava meglio.

Antonio mise a bollire degli spinaci imbustati che stazionavano nel freezer. Ci aggiunse due scatolette di tonno e del pane. Mentre mangiavano, le forchette che grattavano i piatti, Paolo gli chiese del lavoro. «Lunedì c'avevi l'incontro, no?»

«Sì, ma non è andata».

Gli chiese spiegazioni.

«La paga».

«Troppo bassa?»

«...»

«Era troppo bassa, t'ho chiesto?»

Antonio annuì.

«...ricchi bastardi!» sbuffò. «Si tengono fitta pure la merda che fanno» disse, *bene, meglio così*, pensò.

Sapere che non aveva preso il lavoro gli aveva provocato un ambiguo moto di piacere. Era sollevato.

I pantaloni in casa li portava ancora lui.

Cenarono in un silenzio ostentato, poi Paolo si alzò. «Stanno arrivando Carlo e Nicola» disse, indicò i piatti sporchi. «Ci pensi tu?»

Fuori era buio. La lampada che pendeva nuda dal soffitto sfarfallava. Antonio decise di lavare le stoviglie. Pure quelle impilate nella tinozza da giorni, incrostate e puzzolenti. Le sfregò con energia e sapone. In mutande, braccia ricoperte di schiuma, sudore che colava ai fianchi.

Carlo e Nicola erano venuti a prendere Paolo, adesso era solo. Si spaparanzò sulla sdraio. Si accese una sigaretta, mise i cartoni.

Gli piaceva guardare i cartoni, lo riportavano a tempi semplici. E quella sera, il Coyote e Beep Beep alla tivù, l'odore del detersivo nelle narici, fu come tornare indietro. Dritto fino ai suoi.

Non ci pensare, a quelli. Erano dolori inutili.

Se lo ripeteva quando sentiva la loro mancanza. Gli dava forza, in qualche modo. Ma il ritorno di Giovanna, qualche settimana prima, lo aveva scombussolato. Lo aveva fatto riflettere. Rivalutare alcune cose. Però presto, quasi subito, in realtà, aveva capito che non era cambiato niente.

I suoi genitori se ne erano andati. Una chissà dove a rifarsi una vita, uno al Creatore con il cranio sfondato. Ed era giusto così. Di questo Antonio era certo.

Dolori inutili. Dolori inutili. Dolori inutili.

Se lo ripeteva, sì, ma non riusciva a lasciarli andare. Del dolore non ci si può mai liberare del tutto. Ogni sofferenza è un parassita che lascia delle tracce, e quelle tracce, scorie velenose, si ammonticchiano sempre di più e sempre di più e sempre di più fino a ostruire tutto, i capillari e le vene e le arterie. Saturano tutto. Non lasciano spazio a nient'altro.

Era concentrato sul cartone quando lo sentì. Si drizzò, orecchie tese, e lo avvertì di nuovo. Uno scricchiolio, assi di legno che si piegano sotto un peso eccessivo, e veniva da dietro la tivù. Da dietro la parete.

Cristoddio.

Aveva una paura fottuta. Non sapeva perché, ma era terrorizzato.

Si alzò, si avvicinò alla parete e ci poggiò l'orecchio. D'un tratto la tivù si spense. In casa calò un'aria da fine del mondo. Il buio era pesante, aveva una consistenza dura e avanzava come a voler conquistare la casa. Antonio teneva la faccia schiacciata contro il muro, aspettando neanche lui sapeva cosa. Batté un colpo alla parete. La tivù riprese vita. Onde elettrostatiche e rumori indistinti, poi una voce: «Ciao Toniuccio».

Veniva dalla tivù.

Si paralizzò. Solo una persona lo chiamava in quel modo.

«Toniuccio, non fare il bambino. Dobbiamo parlare».

Antonio dovette andare in cerca di tutto il coraggio di cui era provvisto. Voltarsi gli richiese uno sforzo enorme.

La tivù era accesa, suo padre lo fissava dallo schermo. Stefano aveva la pelata chiazzata di capelli cortissimi, borse violacee e gonfie sotto gli occhi, rivoli di bava agli angoli della bocca. Era come lo aveva visto l'ultima volta, la notte in cui era morto.

«Ciao Toniuccio. Siediti» gli ordinò indicando la sdraio.

Lui obbedì.

Stefano era morto, questo lo sapeva, e ciò che stava accadendo era impossibile, sapeva pure questo, ma parlare con suo padre, adesso, gli sembrava la cosa più naturale del mondo.

«Sono qui per riscuotere, Toniuccio». C'era una nota euforica nella sua voce che stonava con l'espressione truce del volto.

Antonio sentì gli occhi bruciare. Era certo che sarebbe arrivato il momento di pagare, ma non avrebbe mai immaginato che il prezzo dei suoi peccati avrebbe avuto la faccia del padre.

«Sei stato cattivo. E devi essere punito».

«No…» la voce faticava a uscire. «Non ho fatto niente».

«Toniuccio, io e te sappiamo cos'hai fatto. Non mentire a papà».

«Non ho fatto niente!» era sull'orlo di un piagnisteo. «Quand'ero piccolo mi dicevi ch'era colpa mia. E me lo vuoi fare credere pure adesso. Ma io non sono cattivo. Quello che…»

«Toniuccio» lo interruppe Stefano. «Non mentire a papà».

«Non ho fatto niente di male...»

«Non mentire a papà. Non mentire a papà. Non mentire a papà».

«Sono grande, adesso. Non c'ho paura di te. Capito?»

«...nonmentireapapànonmentireapapànonmentireapapà...»

«Basta! Smettila!»

«...nonmentireapapànonmentireapapànonmentireapapà...»

«Ho detto smettila. Basta! Basta!»

«...nonmentireapapànonmentireapapànonmentireapapà...»

«BASTA!» strillò.

Stefano si bloccò. Capo inclinato, occhi socchiusi. Stette fermo per un attimo interminabile, poi un sorriso gli deformò i lineamenti. Il ghigno si fece più grande. Stefano mostrò i denti. Poi la lingua. Poi il palato. E continuò ad allargarsi e ad allargarsi e ad allargarsi. La mascella parve staccarsi dal cranio. La pelle tirata dabbasso. Zigomi che si scioglievano come cera, orecchie che si allungavano verso il collo. Antonio provò a urlare, ma il grido gli rimase in gola e Stefano, come non fosse mai esistito, scomparve con uno schiocco.

L'immagine sullo schermo cambiò. Ora in tivù c'era lui, Antonio. Era a casa, in pigiama. Camminava piano, ubriaco di sonno.

Si vide che attraversava il corridoio, la tivù illuminava la cucina.

Si vide che varcava l'uscio ed entrava nella stanza, tutto era immobile.

Si vide che fissava suo padre steso a terra, cotto dall'alcol.

Si vide che gli si avvicinava in punta di piedi, il cuore al galoppo.

Si vide che…

BASTA.

Ebbe la sensazione di cadere. Come se avesse ceduto il pavimento. E si svegliò. In tivù la pubblicità. La sigaretta spenta tra le dita. Era in un bagno di sudore, aveva il fiato corto. Inspirò ed espirò. Alzò gli occhi al cielo e guardò il soffitto. Cercò di calmarsi. Si disse che era stato solo un sogno, ma cominciò a piangere. A singhiozzare e a darsi pugni alle cosce.

Prese il cellulare e chiamò Italo.

Arrivarono al cavalcavia che erano già ubriachi.

Si erano scolati un Limoncello e fatti un paio di canne nelle campagne abbandonate. Paolo aveva raccontato a Carlo e Nicola della lite con Serra, adesso si sentiva meglio. Voleva scaricare l'ultimo residuo di rabbia che gli strizzava le budella, però, e si era fatto venire un'idea. Avevano raccolto dei sassi poco più grandi di un pugno. Li avevano caricati nella Mito di Carlo ed erano partiti. Avevano raggiunto una via sterrata, stretta e buia. Ficcato le pietre in un sacco per l'immondizia trovato sul ciglio della strada. E si erano incamminati. Usciti dalla macchia di rovi, gli arbusti parevano abbracciare la strada, erano giunti al cavalcavia. Gambe molli, mani che formicolavano, testa che girava. Paolo fissava l'autostrada che si perdeva all'orizzonte. Le luci dei lampioni la puntellavano e segnavano la via. Stelle beffarde gli indicavano una direzione che non avrebbe preso mai. Sbandieravano un senso di libertà che lui, unico tra tutti, non poteva avvertire. Era ingiusto. Era sbagliato. Ed era doloroso. Più ci pensava, più aveva voglia di piangere.

Colpa dell'alcol, si disse, *m'è salito male.*

I suoi amici ridevano come fosse tutto divertente.

Paolo li guardava e pensava di essere diverso. Quei due indossavano delle maschere. Si annoiavano, forse, e si affogavano in quel male idiota. Lui invece no. Lui c'era nato, sbagliato: non aveva avuto scelta. E siccome voleva comunque far parte del mondo, si era accontentato di prendere le parti del mostro.

«Forza, facciamolo».

Carlo si chinò e tirò fuori un sasso dal sacco. Se lo rigirò tra le mani e glielo diede. Paolo lo soppesò, e il senso di malinconia svanì. Un'eccitazione animalesca ne aveva preso il posto.

Sono ubriachissimo.

Avvertì un brivido arrampicarglisi sulla spina dorsale. L'uccello gli si stava facendo duro. Si affacciò dal cavalcavia con il sasso tra le mani. Carlo e Nicola lo guardavano, muti. Uno dei due stava facendo pure il video con il cellulare con tanto di flash.

Che teste di cazzo.

Arrivò una macchina. Un ferro vecchio, fari rotti, procedeva lenta.

Paolo la graziò.

Ne arrivò una seconda. Un Doblò. Veloce, in corsia di sorpasso.

Paolo lo graziò.

Ne arrivò una terza. Sportiva, abbaglianti accesi, motore che ruggiva.

Questa.

Si sporse dal parapetto. Le braccia oltre la ringhiera,

il sasso tra le mani. Divaricò le gambe, molleggiò, studiò la preda. Centrarla non sarebbe stato facile, ma se fosse riuscito a calcolare bene i tempi gli avrebbe sfondato il parabrezza.

Aspettò. Aspettò. Aspettò.

Strinse la pietra. Strizzò gli occhi. Si leccò le labbra. Prese la mira, bestemmiò Dio e... esitò.

Fu un atto istintivo, fu un atto decisivo.

Il sasso cadde. Uno schiocco, vetri che si infrangevano, uno stridio e un botto. Poi nulla. Il silenzio era assordante. Paolo si affacciò dall'altra parte del cavalcavia e la vide. L'auto si era schiantata contro il guardrail. La lamiera anteriore accartocciata come una fisarmonica. Il lunotto in frantumi. Uno pneumatico si era staccato e giaceva poco distante.

Paolo era incantato da quello scempio.

L'uccello duro come il marmo.

Sono Dio. Io stanotte sono Dio.

«Cazzo!» urlò Carlo, isterico. «Cazzo. Cazzo!» gli occhi sbarrati.

Nicola intanto fissava la macchina. Non parlava, non si muoveva.

Sorridevano entrambi.

Passarono lunghi attimi di quiete assoluta. L'aria pregna di violenza.

«Andiamocene» disse Paolo.

Si sforzava di apparire tranquillo, ma c'era qualcosa che non andava, fuori posto. Al di là dell'euforia di cui era ebbro. Dell'eccitazione che lo esaltava. Del senso di onnipotenza che lo pervadeva. Avvertiva un disagio che lo faceva sentire come una bomba pronta a esplodere.

«M'avete sentito?» proruppe. «Forza, muovetevi!»

Ci fu un attimo di tensione. Carlo e Nicola sembravano sul punto di protestare. Volevano godersi lo spettacolo, forse. Ma poi obbedirono. Presero il sacco con i sassi e corsero alla macchina. Ora attraversavano le strade di Camporotondo. Il silenzio strepitava. Casermoni, palazzine e villette avevano un ché di estraneo e inquisitorio.

«Non è successo niente, stanotte. È chiaro?» sibilò Paolo. «Non è successo niente».

Quando si svegliò il sole era alto. Paolo in cantiere.

Antonio rimase a contemplare il soffitto per un'ora. Sudato, bocca impastata, vescica piena. Allungò il braccio e prese una sigaretta. La fumò da coricato fino al filtro catramoso, la cenere cadeva sul materasso. Si alzò, si sciacquò la faccia e, ancora in mutande, bevve il caffè davanti alla finestra della cucina. Di piani per la giornata non ne aveva e la cosa lo deprimeva. Quella noia conferiva al mondo un'atmosfera grigiastra. E pure se il sole arrostiva il paese, a lui pareva che stesse per diluviare. Si sentiva strano quella mattina. Credeva di avere qualcosa che non andava. Ma non appena cercava di capire di cosa si trattava, il nucleo di quella materia che lo soffocava gli sfuggiva. Rapido, bastardo. Gli mancava qualcosa, di questo era certo. Gli mancava tutto ciò che non aveva mai avuto come se un tempo gli fosse appartenuto. Come se un tempo fosse stato suo in modo intimo, viscerale.

Sul cellulare trovò dei messaggi di Italo. Si scusava per non aver risposto, la sera prima. Aveva passato la serata con una ragazza. Gli chiedeva di richiamarlo, ma lui non lo fece. Non ne aveva ragione, forse, ma era offeso.

Aprì il frigo. Pomodorini, un medaglione di carne,

sughi pronti, mele troppo mature, un vasetto di yogurt aperto.

Prese i pomodorini e decise che sarebbero stati il suo pranzo. Li sciacquò, li tagliò uno per uno, li mise in un piatto fondo, li condì con olio e sale. Quando ebbe finito si accorse che ne era rimasto uno in tavola. Lo prese con due dita, lo premette un po' e lo guardò alla luce. Liscio, morbido. Era una sfera perfetta, senza neanche una macchiolina a rovinarne il rosso brillante. Si chiese da dove venisse. Aveva sentito che potevano arrivare pure dalla Cina, i pomodorini. E si domandò se quello fosse uno di loro. Qualcuno, pensò guardandolo, si era premurato che venisse su bene. Della forma, del colore, della grandezza, del sapore migliore. E si era premurato che giungesse sano alla sua meta. Qualcuno se ne era preso cura dall'inizio alla fine.

Antonio rimase a fissarlo, poi lo schiacciò con le dita fino a ridurlo a una poltiglia rossastra e inutile e lo lasciò cadere per terra. Tornò in camera, si sdraiò e prese il romanzo che nascondeva sotto il materasso.

La ciotola con i pomodorini sul comodino, li mangiò uno per uno.

Rincasando dal cantiere, Paolo comprò un quotidiano qualunque e lo sfogliò. Rapido, frenetico, famelico. Ed eccolo.

Il giornale concedeva appena qualche riga a ciò che era successo al cavalcavia. E per Paolo fu una delusione. Nessuno che ne parlasse sul serio. Che si chiedesse chi fosse l'autore di quel fracasso. In paese si era sparsa la voce che un vandalo aveva combinato un guaio alla statale, ma erano solo chiacchiere da piazza.

Così sminuivano il suo operato. Sminuivano *lui*.

Gettò il giornale, tirò una pedata allo sportello della Punto, montò e fece strada verso casa. Lo stronzo con la Porsche si chiamava Lanfranco Nucci ed era un riccone. Paolo lo aveva mandato all'ospedale con lividi, ossa rotte e un paio di altre cosette. Non era morto, comunque. Certo, non era vivo per caso, però. Col cazzo che era stato miracolato, quel rottinculo con i soldi. Se era salvo era perché Paolo aveva deciso così. Perché aveva voluto concedergli la grazia. E nonostante di questo fosse certo, lui stesso se ne chiedeva il motivo.

Perché non ho mollato subito il sasso?

Più se lo chiedeva, più la risposta si allontanava, più il modo in cui lo ignoravano tutti lo mandava in bestia. Aveva deciso della vita di un altro essere umano. Era stato Dio per una notte. Ma i bastardi si ostinavano a farlo sentire una nullità. Con la loro indifferenza. I loro modi cretini.

Guidava piano. Fumava una sigaretta dietro l'altra. Strizzava lo sterzo. Stava per fare inversione, voleva tornare in paese e cercarsi qualche guaio, quando vide un cane sul ciglio della strada. Non era un randagio: al collo aveva una medaglietta. In bocca la carcassa di un gatto di cui si vedevano capo e zampe. Pelo imbrattato di sangue, orecchie pullulanti di zecche.

Paolo tallonava il cane. Lento, senza togliergli gli occhi di dosso.

Piccolo bastardo infame. Sei un piccolo bastardo infame.

Quella bestia, cresciuta nella bambagia con un padrone a volergli bene, aveva ammazzato un gatto randagio. Un cucciolo di strada. E questo non era giusto. Era quella cretinaggine impudica, l'idiozia che aveva relegato il cane a una posizione di immeritata superiorità, che faceva inferocire Paolo.

Superò il cane e accostò. Non appena scese dall'auto la bestia gli si fermò davanti. Si misuravano a vicenda a un paio di metri di distanza. Strada deserta, ai lati si stendeva la campagna sotto il sole che moriva. Il silenzio di piombo era crepato solo dal frinire delle cicale. Doveva farlo salire in macchina. Rovistò nelle buste nel portabagagli della Punto. Ne tirò fuori un filoncino e un bottiglione di vodka. Il primo per il cane, il secondo per sé. Era passato dallo spaccio del pakistano, quel pomeriggio. Si era concesso un paio di filoncini e qualche fetta di mortadella. Ma pur di prendere il cane ci avrebbe rinunciato volentieri. Fece un passo avanti con il braccio teso. Il pane tra le dita. E il bastardo gli si avvicinò. Gli annusò la mano, circospetto, e mollò il gatto morto sull'asfalto. Muso tremante, prese il pane e lo sgranocchiò. Paolo lo fissava, meravigliato: era stato più facile del previsto. Vide il cadavere del gatto. Collo maciullato, occhi spalancati sul vuoto. Ed ebbe voglia di urlare. Dal portabagagli prese il pane rimasto. Il cane aveva finito e gli si era avvicinato di nuovo. Paolo spezzò un altro filoncino, glielo fece annusare e lo condusse alla macchina. Aprì la portiera posteriore e lanciò dentro il pane. Quando il cane balzò in auto, lui chiuse lo sportello e si mise alla guida.

Che cretino era stato a farsi prendere così. Quell'essere era insulso. La sua forza stava nella fortuna di essere nato privilegiato. Nient'altro. Ma Paolo stava per impartirgli una lezione. A lui e alla natura tutta; sperava che Dio lo stesse guardando, quella sera.

Mise in moto, partì e si immise in una stradina sterrata

e malmessa verso l'aperta campagna. Il sole calava, le ombre si allungavano. Il giorno moriva senza fare rumore.

Sull'asfalto, riversa scomposta e penosa, giaceva la poltiglia di sangue e pelo, vittima bastarda del male del mondo. Occhi al cielo, bocca aperta in un grido muto, il posteriore impastato di merda. Un auto le passò sopra. Gli pneumatici spappolarono ossa e organi interni. Ne arrivò un'altra. Un'altra. E un'altra ancora.

Nessuno si accorse di niente.

Antonio rollò una canna e la accese. Prese il cellulare e chiamò.

Aveva passato la giornata a leggere. Il tempo gli era parso non volere scorrere, ma quando fu sera gli sembrò che la giornata fosse volata. Si sentiva meglio, adesso, e voleva fare qualcosa. Divertirsi. Incontrare gente.

«Voglio uscire» disse a Italo, il cellulare tra orecchio e spalla.

«Ma com'è finita colla faccenda del lavoro?»

«Niente di che, sai» rispose Antonio, vago. «Usciamo, allora? C'ho voglia di uscire, eddài».

«Che vuol dire *niente di che*?»

«Che non mi pareva roba per me. E ho rifiutato».

«Non ti piaceva il lavoro?»

Antonio provò un moto di imbarazzo e mentì di getto. «È che forse mio fratello m'ha trovato un lavoro in cantiere».

«In cantiere? Quello dove lavora lui?»

«E quale sennò?»

«Ma scusa quella invece ti pare roba per te?»

Gli si mozzò il fiato.

«Che tipo di lavoro è, poi? Come muratore?»

«No, no, roba di segreteria».

Italo sembrò farselo andare bene, Antonio si rilassò.

«Allora, usciamo? C'ho voglia di uscire».

«Io stasera sono cogli altri. Mirko e Alberto. Perché non vieni?»

Antonio li odiava, quei due.

Bellimbusti farciti di soldi, lo guardavano sempre dall'alto in basso. Avrebbe preferito uscire solo con Italo, ma accettò. Si fece una canna e mangiò pasta e formaggino. Si fece una doccia e si vestì. Quando fu pronto ebbe la tentazione di farsi una seconda doccia, si sentiva sporco. Ma avrebbe fatto tardi e ci rinunciò. Paolo non era rincasato. Lo aveva chiamato, ma non aveva risposto. Così uscì e basta.

Al *Miami* ci arrivò in anticipo. Era sempre in anticipo, lui. La cosa lo snervava, ma non gli riusciva altrimenti. Italo lo raggiunse qualche minuto dopo con Mirko e Alberto. Tutt'e tre belli, muscolosi e ben vestiti. Capelli pettinati in modo perfetto, camicia infilata nei pantaloni senza una grinza.

Entrarono. Si sedettero a un tavolo centralissimo e ordinarono drink complicati. Tutti tranne Antonio che optò per una birra.

«La cameriera c'ha un culetto niente male» esordì Alberto.

«C'avete presente a Martina Mazzantini? Quella colle tette della quinta F». Mirko parlava con il busto rotato e dava ad Antonio solo il profilo. «Siamo andati a letto assieme» sorrise, viscido.

Gli altri giù con risolini, commenti e domande. Su cosa avesse fatto lei, su cosa avesse fatto lui, su come lo avesse fatto lei, su come lo avesse fatto lui.

Arrivarono i beveraggi.

«Un brindisi!» propose Italo. «Ad Antonio e al suo nuovo lavoro!»

Cristoddio.

Brindarono. Il tintinnio dei bicchieri alle orecchie di Antonio fu un campanello di allarme.

«Che lavoro c'hai?» Alberto lo osservava con il capo inclinato.

«Lavoro per una ditta di costruzioni» mentì; ma che cazzo gliene fregava, poi, a quello stronzo, di che facesse lui? «Sbrigo le faccende dell'amministrazione, sai... pratiche e... cose così».

«Tipo una segretaria?» chiese Mirko. «Anche all'ufficio di mio padre c'è una che s'occupa di 'ste cose. Ma è femmina e sbaglia pure a rispondere al telefono. Troppo cretina» rise.

Passò del tempo. Antonio non avrebbe saputo dire quanto. Le chiacchiere si sprecavano e lui si estraniò, in cerca, nella sua stessa testa, di un posto rassicurante.

«Ne volete un altro?» domandò Alberto, si voltò e chiamò la cameriera, poi si scolò mezzo drink in un colpo solo. «M'è venuta voglia di una Caipirinha».

Mirko voleva un Mojito.

«Io no. Troppo alcol fa ingrassare» dichiarò Italo. «Ne vuoi un altro?» chiese ad Antonio.

Ma lui non poteva spendere altri soldi.

Si sentiva un bambino al tavolo degli adulti.

Il sole era calato, in cielo campeggiava uno spicchio di luna.

La campagna era desolata, recintata da una fila di colline brulle. Niente alberi, cespugli, case o capannoni, quella terra era stata dimenticata dagli uomini e da Dio. Nessuno voleva vivere ai margini del mondo. Fuggivano tutti dove la vita bruciava davvero. E posti come Camporotondo erano il confino riservato ai dannati di natura. Si sarebbe svuotato tutto, presto o tardi, come quelle campagne.

Paolo aveva pianificato di scappare, da bambino. Zaino in spalla, fino a dove sarebbe riuscito ad andare. Ma presto si era reso conto che non sarebbe arrivato proprio da nessuna parte, e si era arreso all'idea di morirci, a Camporotondo.

Era ubriaco. Sdraiato sul cofano della Punto, si era fatto fuori mezza bottiglia di vodka. Il cane era in auto. Aveva grattato sui finestrini, uggiolando disperato, ma poi si era stancato. Pure lui, forse, arreso all'evidenza di una fine misera. Adesso era accoccolato sul sedile posteriore.

La famiglia Acquicella aveva avuto una gatta, quando i fratelli erano piccoli. Diana, come la principessa. A Paolo piaceva un sacco. Di notte si acciambellava nel letto che divideva con Antonio e faceva sempre un mucchio di fusa. Stava sia dentro sia fuori casa e un giorno aveva preso a ingrassare. Quando aveva scodellato i cuccioli Stefano aveva scatenato l'inferno. Non potevano tenere altri animali. Lui ne sopportava a malapena uno, diceva. E la sua soluzione, indiscutibile, era stata drastica e immediata. Li aveva affogati. Tutti e cinque. Aveva afferrato Diana per la collottola e chiusa in bagno; lei, con tanto d'occhi, aveva guardato attraverso un buco nella porta i piccoli che miagolavano e si agitavano, deboli, impacciati. Aveva prelevato i cuccioli dalla loro cesta. Li aveva fatti salutare ai figli in lacrime. E li aveva messi in un secchio; il tonfo dei corpicini che precipitavano nella bacinella era stato assordante. Era andato in campagna e, tempo dieci minuti, era tornato a mani vuote. Diana aveva pianto per tutta la notte. Era sparita il giorno dopo.

Era a lei e ai suoi cuccioli che pensava Paolo. Provava rabbia. I piccoli non avevano fatto niente, la loro colpa era di essere nati nella casa sbagliata. Come Paolo. Come il gatto randagio morto. E al contrario del cane che aveva in auto. Quel cazzo di cane era diverso, carico dei peccati del mondo intero.

Mandò giù una sorsata di vodka e finì la sigaretta. Scese dal tetto dell'auto, si reggeva a malapena in piedi. Cacciò un conato di vomito e si calmò. Abbassò lo sguardo e incrociò quello del cane. Lo fissava impaurito, le orecchie ritratte. Aprì il cofano e prese un pezzo di tubo di plastica da giardino e una bottiglia vuota. Svitò il tappo del serbatoio della Punto. Ci infilò un'estremità del tubo e l'altra se la ficcò in bocca. Poi aspirò con quanto fiato aveva in corpo. Quando venne fuori la benzina, rapido, riempì la bottiglia per un terzo. Riavvitò il tappo del serbatoio, prese l'accendino dalla tasca e alzò gli occhi alle stelle.

Antonio voleva tornare a casa.

Mirko e Alberto non la smettevano di parlare tra loro. Godevano dell'attenzione reciproca, consapevoli di darsi piacere a vicenda. E Italo andava loro appresso. Erano conversazioni vuote. Soldi e fica. Ma ci arrivavano lo stesso, all'obiettivo: sottolineare la loro superiorità, sbandierare con affettata banalità cose ed esperienze che Antonio non aveva. Volevano farlo sentire una merda. Nullificarlo. E ci stavano riuscendo. Antonio si sentiva insignificante. Schiacciato dalla loro pochezza, si odiava. A volte, quando si guardava attorno e osservava la gente che gli stava accanto, era come se non fosse appartenuto a questo mondo.

Mise una banconota da cinque sul tavolo, si alzò e disse che doveva andare. A suo fratello serviva il motorino, mentì. E uscì di corsa. Gambe molli, mani che formicolavano. Era confuso. Straniato. Solo e incompreso. Avrebbe voluto abbracciare qualcuno e piangere. Lasciarsi andare.

«Anto!» Italo gli veniva incontro nel parcheggio.

Si fermò e si fece raggiungere.

«Ma che c'hai?»

Antonio fece spallucce.

«Non ti stavi divertendo?»

Scosse il capo. «È che non mi ci trovo... sto a disagio con loro».

«In che senso?»

«Che ne so... sto a disagio e basta. Quelli me lo fanno apposta».

«Ma che ti fanno apposta?»

«Gli spacconi. Dicono che c'hanno quello. Che si sono scopati quella. Che si sono...» si bloccò, confuso. «È che fanno sempre così. Com'a dire che c'hanno quello che non c'ho io e...»

«Mica te lo fanno apposta, è che gli piace apparire, diciamo».

«Non è vero. Pensano che io valgo di meno. E lo pensate tutti».

Italo era perplesso, lo guardava come se avesse ricevuto una sberla.

«Pensate che siccome mi manca quello che c'avete voi, sono inferiore. E lo pensate tutti. Perché voi...»

«Ma che cazzo dici?» lo interruppe alzando la voce. «Non lo pensa nessuno. Né loro, né io! Siamo amici io e te. Migliori amici. E 'ste cose i migliori amici non le pensano».

Antonio faticava a trattenere le lacrime. Più vedeva che Italo non riusciva a capirlo, più si dannava. Per lui ciò che era accaduto era tanto ovvio che era impossibile non accorgersene.

«Tu non c'arrivi...» fece Antonio. «Perché non lo capisci? Perché non riesci a vederlo?»

Italo lo squadrò, indignato. «La vera domanda è perché lo vedi solo tu». E se ne andò.

In una mano teneva la bottiglia con la benzina, nell'altra l'accendino.

Paolo sapeva di doverlo fare. Di volerlo fare. Ma non sapeva perché.

Per mettere ordine nel mondo, si ripeteva in testa.

Rimase fermo a lungo.

Poi agì.

Aprì la portiera dell'auto. Afferrò il cane per il collo. Lo gettò a terra. E gli sferrò un calcio. Glielo diede al costato, con il tacco della scarpa antinfortunistica. La bestia guaì e cercò riparo. Ma lui gliene diede un altro, fracassandogli una zampa. Un altro. Centrandogli il muso. E poi un altro. Spaccandogli la mascella. Il cane si muoveva convulso. Si contorceva come un verme e latrava in preda al panico. Grida stridule, pregne di una sofferenza rude. Paolo si aggrappò allo sportello, caricò e gliene diede ancora un altro, spappolandogli la milza.

L'alcol si mischiava all'adrenalina.

Tornò a guardare il cane che si dimenava tra le sterpaglie piangendo e gli svuotò addosso la bottiglia di benzina. Quello cercò di fuggire, ma rovinò sulla terra secca, uggiolando isterico. I latrati disperati, dolore puro, terrore cieco, permeavano la notte. Paolo lo sovrastava. In piedi accanto a lui, lo osservava in silenzio. Passarono lunghi istanti. Poi, movimenti lenti, si chinò e fece scattare la fiammella dell'accendino. La bestia si accese come una torcia, le fiamme la divoravano fameliche. Il cane non emise alcun suono. Cessò ogni pianto. Adesso scalciava debole. Nient'altro. Il fumo del pelo che bruciava appestava l'aria. Puzzo di pollo e benzina misto a fetore di merda: si era cacato addosso. Paolo dovette coprirsi naso e bocca per non vomitare. Si rese conto solo adesso della quiete che lo circondava. I latrati l'avevano coperta, ma adesso, nella campagna nuda, poteva avvertire il silenzio in tutta la sua violenza. Il cane intanto continuava a muovere le zampe. Sempre più lento, sempre più stanco. E lui non riusciva a non guardarle.

Avanti e indietro. Avanti e indietro. Avanti e indietro.

Imperterrite, si muovevano piano. Lui le osservava, fermo, e avvertiva qualcosa dentro di sé che tirava e tirava e tirava. Il cane guaì un'ultima volta. Un suono acuto, carico di una disperazione ancestrale. E fu in quell'istante che Paolo avvertì lo strappo. La cosa dentro di sé si era lacerata.

Cacciò un urlo, si mise le mani ai capelli e si inginocchiò.

«Che ho fatto? ...no, no!» strillò. «Porcoddio, no... NO!»

In preda al panico, si sfilò la maglietta e spense le fiamme colpendo il disgraziato nell'inutile tentativo di strapparlo alla morte. Ma era tardi. Cadde sui gomiti e si lasciò andare a un pianto dirotto.

Non lo capiva. Cosa avesse fatto, cosa fosse, non lo capiva.

Antonio era a letto. Fumava steso. Notte fonda, tutto era quiete.

La porta d'ingresso che si apriva e si richiudeva. Passi in corridoio. Aveva atteso che Paolo rincasasse. Non era preoccupato, ma aveva preferito aspettare e non addormentarsi. Spense la sigaretta sulla testiera del letto e si aggiustò il cuscino sotto la faccia. Fermo nella stessa posizione, aveva sudato fino a bagnare il materasso. Si girò e vide la sagoma di suo fratello sull'uscio della stanza. Senza maglietta, il petto e l'addome impastati di terra. Si fissarono, l'uno a rovistare nell'altro, e si intesero.

Paolo gli si coricò accanto. Lui si sistemò meglio sul materasso.

Avrebbero voluto parlarsi. Entrambi. Ma, educati a quel silenzio in cui si erano cresciuti a vicenda, non avrebbero saputo manco da dove cominciare. Si guardarono, poi Paolo prese tra le mani la faccia del fratello e gli assestò un paio di buffetti.

Andava bene così.

Oscar Capote camminava per Camporotondo con il capo chino.

Odiava il paese. Piccolo e vecchio. Vie striminzite che si ripetevano uguali, palazzine scalcinate che parevano bestie moribonde. Lo trovava soffocante. Ma ciò che detestava davvero, ciò che lo ripugnava alla nausea, era la gente che lo abitava. Lupi famelici con le fauci pronte a scattare. Bastava che gli si mostrasse il collo, ai suoi compaesani, e si era fottuti. Ecco perché Oscar aveva piantato baracche e burattini e se l'era filata.

Aveva ventitré anni. Nato a Camporotondo, dopo il liceo si era trasferito in città per studiare design. Adesso divideva un appartamento in affitto con due ragazze siciliane che adorava e che lo adoravano. Il suo sogno era di andare a vivere al Nord, Milano era la meta, e quello era stato il primo passo. Dopo la laurea avrebbe cercato un lavoro lì. Vedeva il suo futuro come un'incognita. Una storia eccezionale, un'avventura incredibile. Non sapeva dove lo avrebbe condotto la vita, ma non gli importava. Ovunque si fosse trovato di lì a vent'anni, era certo che sarebbe stato il posto in cui avrebbe voluto essere. Non aveva certezze, e la cosa lo eccitava. Era di un paese minuscolo dove del futuro si sapeva tutto: la strada di ognuno era definita dal primo vagito. Si nasceva, si invecchiava, si schiattava. E tra una cosa e l'altra si era obbligati a trovarsi un impiego normale. A sposare una donna normale. A scodellare una figliata normale. Una storia tutt'altro che eccezionale, un'avventura per niente incredibile. Era tutto prestabilito, a Camporotondo. E di spazio per le anomalie a quello schema malato non ce n'era. Era per questo che se n'era andato. Per ritagliarsi uno spazio che fosse solo suo. Lui che era l'anomalia di natura più grossa che quel paese potesse affrontare.

Oscar era gay. Niente di complicato: avrebbe dovuto avere la passione per la fica, e invece gli piaceva il cazzo. E pure tanto, Santa Madonna. Ma che poteva farci? Era nato così, non c'era diventato per moda o vattelappesca. Era gay. Punto. Da piccolo, quando ancora non era né carne né pesce, aveva deciso di rimandare la decisione sulla sua natura a quando sarebbe stato adulto. Perché all'epoca pensava che si trattasse di questo, nient'altro che di una decisione. Poi però erano arrivate le prime esperienze. Il gioco del dottore con un compagno del liceo. Il sesso quando frequentava l'università. Era stato allora che aveva raggiunto la consapevolezza assoluta su chi fosse e cosa volesse. Ora essere gay gli pareva la cosa più naturale del mondo. Ma non era stato capace comunque di spiegarlo ai suoi. Lo sospettavano, certo, ma l'idea si era sempre limitata ad aleggiare sulle loro teste. Spire di fumo che ignoravano, testardi. In città lo sapevano tutti, a Camporotondo nessuno. Ecco perché in paese ci stava poco. Per le feste comandate, i compleanni dei famigliari e un paio di settimane in estate. Poi scappava a gambe levate.

Oscar era in paese da tre giorni e ci sarebbe rimasto altri nove: le sue *non vacanze* estive. Aveva parcheggiato in piazza Cavour e preso un vassoio di pasticcini al bar centrale. I suoi gli avevano chiesto di comprarli perché quella sera sarebbero venuti degli zii in visita. Tutti vecchi e con qualcosa da ridire sullo stile di vita della città, dove, a sentire loro, manco il Signore Iddio si arrischiava a entrare. Uno spasso. Presi i dolci, aveva deciso di comprare le sigarette. Non vedeva l'ora di tornare a casa. Si sarebbe spaparanzato a letto e, acceso il condizionatore, avrebbe chiamato Umberto.

Era il suo ragazzo. La sua prima relazione seria. La prima persona che gli aveva fatto sentire un bel languore al basso ventre. Non poteva dire di amarlo, ma gli piaceva; era delicato e gentile. Si erano conosciuti all'università. Umberto era di un anno più grande e di gran lunga più navigato di lui. A letto sapeva dove mettere le mani, quali parti toccare e quali no. Ma sul piano emotivo era fermo all'età di tre anni. Si erano fatti da insegnante a vicenda, avevano imparato l'uno dall'altro. E adesso a Oscar pareva di poter scorgere un tassello del proprio futuro, con lui. Era Umberto, la sua costante. L'unico pezzo di realtà a cui aggrapparsi per avere fiducia in quel futuro in cui aveva deciso di credere. Parlavano sempre dell'appartamento in cui avrebbero convissuto a Milano. Di chi si sarebbe occupato della casa e di chi avrebbe cucinato. Piccole cose che li facevano stare bene.

Raggiunse il tabaccaio.

In vetrina c'era uno zippo dorato con impresso un orsacchiotto. Costava più di quello che valeva, ma decise di comprarlo per Umberto. Gli sarebbe piaciuto.

Spinse la porta a vetri ed entrò nel negozio.

Antonio rimase a letto a leggere anche quella mattina.

Si alzò per andare in bagno, e si disse che era arrivato il momento di cominciare la giornata. Si sarebbe decomposto, se fosse rimasto a letto. Sepolto nel suo stesso corpo. Intrappolato in una bara di carne e ossa costruita da una metà di sé, sadica e autodistruttiva.

Decise di uscire.

Gli dispiaceva un po' interrompere la lettura. Il romanzo cominciava a piacergli. Leggere gli dava una bella sensazione alla bocca dello stomaco. Gli sembrava quasi che parlasse di lui, quella storia. Si ritrovava tra le pagine consunte. Riusciva a dare un nome a sentimenti che aveva sempre provato e di cui non si era mai capacitato. Si calava in un mondo estraneo che pareva appartenergli in modo intimo e segreto. Quel romanzo era una crepa nel muro della sua realtà, una via di fuga da un'esistenza che lo schiacciava.

Si fece la doccia, la seconda della giornata, si infilò

i primi vestiti che trovò e uscì. Per andare in paese allungò di proposito e guidò piano. Sperava di incontrare qualcuno che conosceva, non gli sarebbe dispiaciuto fare quattro chiacchiere. Si fermò davanti allo spaccio del pakistano, al Conad di corso Empedocle e al casermone dei cinesi. Ne fissò le vetrine, indeciso se entrare, ma ripartì tutt'e tre le volte senza manco smontare dal Boxer. Comprò un accendino, un pacchetto di gomme, una Bic e un gratta e vinci. Si fumò una sigaretta poggiato al muro del bar centrale, occhi fissi e vuoti sulla piazza, e ripartì.

Di nuovo sul Boxer, faceva strada verso casa e gli veniva da piangere.

Paolo era imbottigliato nel traffico serale.

Si accese una sigaretta con il mozzicone di quella vecchia. Era l'ultima e decise di fermarsi al tabaccaio. Parcheggiò la Punto salendo per metà sul marciapiede. Un'anziana gli lanciò un'occhiata di disapprovazione e lui la guardò in cagnesco. Smontò, fece per entrare nel negozio e, ancora intento a fissare con odio la vecchia baldracca, sbatté la fronte contro qualcosa di duro. Alzò lo sguardo. Un tizio davanti a sé si massaggiava uno zigomo.

«Ma che cazzo fai?» urlò Paolo, rabbioso.

«Ma che fai tu!» controbatté l'altro con una strana vocetta melliflua.

Magrolino. Capelli ben pettinati, barba sagomata in modo perfetto, occhi grandi ed espressivi, orecchino brillantato al lobo sinistro.

Paolo aveva il vaffanculo sulla punta della lingua, ma si fermò.

Tu ti chiami Oscar. Ti chiami Oscar e non esisti.

Se lo ricordava, certo, ma apparteneva a un passato tanto remoto da essere stato quasi cancellato. Paolo aveva lavorato sodo per eliminarlo. Per buttare nell'immondizia lui e tutti i ricordi che gli appartenevano, crimini di cui si era macchiato con innocenza. Ma alla fine, lo capiva solo adesso, non importava quanto corresse veloce, la parte di sé di cui non aveva il controllo lo avrebbe sempre acchiappato per i capelli e schiantato a terra.

«Ciao» lo salutò, e sorrise, raggiante. «Sono Oscar, ti ricordi?»

«…»

«Eravamo in classe insieme al liceo, alla…»

«… Dante Alighieri» concluse Paolo per lui.

«Non ci vediamo da un sacco. Come stai?»

Paolo era confuso. Come se avesse visto un morto. «Sto bene… tu?»

«Bene, bene. Studio in città. Mi sono trasferito due anni fa. Tu?»

Perché sei gentile? Ci siamo insozzati l'anima a vicenda. Ci odiamo.

«Lavoro. Faccio il muratore».

«Di 'sti tempi meglio trovarsi un lavoro e tenerselo fitto» e sorrise di nuovo.

Smettila! Basta, basta, basta. Perché sorridi, stronzo?

Lo choc iniziale stava passando. Paolo adesso avvertiva la rabbia farsi largo nello stomaco. Risalire gli organi interni. Fare strada per impossessarsi del cervello.

Rimasero muti per qualche istante, poi Oscar fece per parlare. «È stato un piacere, ma…»

«Ti va una birra?» lo interruppe.

I lineamenti di Oscar si accartocciarono. «Una birra?»

Non sorridi più, faccia di cazzo.

Annuì.

«Ma quando?»

«Che ne so. Mica c'è fretta. Fai così, dammi il tuo numero».

Oscar obbedì. Poi alzò lo sguardo e lo intrecciò al suo. Si fissarono, il silenzio attorno a loro era perfetto. Il mondo era svanito in un buio nulla.

Si salutarono, ognuno andò per la sua strada. Paolo salì in macchina e partì.

Era euforico, come nell'attimo che precede la rissa. Avvertiva l'adrenalina irrorargli le vene, selvaggia. Una sensazione di onnipotenza, forza bruta, lo pervadeva dalla testa ai piedi.

Tornato a casa realizzò di essersi dimenticato di comprare le sigarette.

Antonio si era appena fatto la doccia, la quarta della giornata.

Avvolto nell'accappatoio, rollava una canna con gli occhi alla tivù. Suo fratello era tornato da qualche minuto. Pareva ubriaco o strafatto, non la finiva di marciare per la cucina e blaterare di cose che lui non capiva.

Ma che c'ha stasera?

«E questo?» gli chiese Paolo indicando il gratta e vinci sul tavolo.

«L'ho comprato stamattina. Me l'ero scordato».

Ne raschiò la superficie con l'unghia, poi bestemmiò, lo accartocciò e lo buttò per terra.

Antonio esibì una risatina amara. «Non n'abbiamo, di fortuna».

«Della fortuna io e te ce ne fottiamo!» proclamò Paolo, si sedette sulla sdraio accanto a lui e gli prese la faccia tra le mani. «Io e te siamo meglio. Meglio di tutto. Pure della fortuna».

«Levati dal cazzo!» esclamò Antonio. «C'hai le mani zozze!»

«E fattela, una risata!»

«Ma che c'hai stasera, si può sapere?»

«Che vuoi dire?»

«Sei troppo allegro... e senza motivo, poi».

«Checcazzo, devo essere per forza triste?»

«Vaffanculo!» sbottò Antonio; non sapeva cos'altro dire: il fratello aveva ragione, ma il suo buonumore gli urtava i nervi.

Finì di preparare la canna e la accese. Stava per fumare quando Paolo gliela strappò dalle mani e se la ficcò tra le labbra. Tirò un paio di volte e gli sbuffò il fumo in faccia. «Perché sei sempre così?»

Antonio in risposta alzò il volume della tivù con il manico di scopa.

«Devi rilassarti!» Paolo gli soffiò altro fumo sul naso. «Dico sul serio, non puoi vivere in questa maniera, finisce che crepi a trent'anni. Lo dico per te!» Si alzò e prese di nuovo a camminare in giro per la cucina. «Sai che c'è? C'è che stasera ce la spassiamo. Facciamo la bella vita e ci spariamo un macello di soldi in porcate e cazzate. Com'a dei pascià. Poi vedi se non ti senti meglio!»

Antonio lo fissava in silenzio. Pensava che suo fratello lo stesse punendo perché non condivideva la sua allegria idiota. E adesso voleva costringerlo a prenderne parte comunque.

Paolo si alzò, prese una bottiglia di Cynar dalla dispensa e ci si attaccò. Nell'altra mano la canna. «Vatti a cambiare!» Non riusciva a stare fermo, saltellava e si agitava come un pesce all'amo. Chiamò Carlo, al telefono urlava. «Prendi a Nicola e venite. Veloci!» e ingollò altro Cynar.

Antonio tirò una pedata allo stipite della porta. Andò in camera. Si vestì. Si stese sul letto. Si accese una sigaretta.

Avrebbe voluto stare a casa. Guardare i cartoni e farsi un paio di canne in santa pace.

Dalla cucina arrivava musica da discoteca: Paolo aveva messo Mtv con il volume al massimo. Arrivarono Carlo e Nicola. Paolo lo chiamò urlando. Lui li raggiunse. Erano seduti attorno al tavolo. Tracannavano Cynar a turno. Aria satura di fumo e delle loro risate sguaiate, caldo che tramortiva.

«Andiamo al *Miami*!» propose Nicola.

«Ci siamo stati l'altra sera» disse Carlo. «Facciamo altro, eddài».

«Tipo?»

«Andiamo in spiaggia. Di notte è grandiosa».

«Che palle, non mi va».

Calò il silenzio. Quasi si sentivano i cervelli a lavoro.

«Sapete che c'è?». Paolo si fermò, soprappensiero, e bevve. «C'è che io c'ho voglia di scopare...» pareva parlare più con sé stesso che con gli altri. Fece una pausa, tutti rispettavano quel mutismo come fosse importante. Mandò giù altro Cynar e poi, calando una manata sul tavolo, urlò: «Puttane!»

Carlo e Nicola ulularono il loro assenso.

«No, cazzo, non ci voglio andare, a mignotte» si lagnò Antonio.

«Ti fa bene. Sei troppo rigido. Ti passa il nervosismo».

«Ma che dici?» era sull'orlo di una crisi isterica. «A

me quelle mi fanno schifo. Non ci voglio andare. E non ci voglio spendere soldi! Andateci voi. Io me ne sto a casa».

«Non dire vaccate, vieni pure tu. E ti diverti. Poi quando sei lì ti piace. O è così o è che sei frocio» rise, Carlo e Nicola lo imitarono. «Ci scoliamo questa, ci facciamo una scopata e completiamo con una bottiglia del pakistano e uno spinello così. Serata bestiale!»

Antonio prese il Cynar e ci si attaccò. Era una battaglia persa, quella.

Si dirigevano verso il pezzo di statale dove sostavano le prostitute.

Paolo, imbottito di alcol ed erba, era eccitato come una bestia. Antonio non parlava, non si muoveva, quasi non respirava. Stava lì, fermo, occhi fissi fuori dal finestrino. Paolo non lo capiva, ma neanche gli importava di farlo. Giunsero a destinazione. Da una parte e dall'altra solo le campagne desolate. Le puttane erano ammucchiate nel cono di luce di un lampione. Mezze nude, in equilibrio sui tacchi. Nicola accostò e calò il finestrino.

«Ciao ammmore sei bbbello lo sai?» lo accolse una di loro con un forte accento dell'Est.

Erano ucraine o polacche, tranne una che era nera.

«Quanto?» chiese Nicola.

«Venti complettto».

«Sessanta tutt'e quattro e ci ringraziate» fu la risposta di Paolo.

Avevano un accordo.

«Una ciascuno?» fece Carlo, si strofinava le mani come una mosca.

«Sì, certo. E la negra te la prendi tu?» Paolo era disgustato.

«La voglio io, a quella» sibilò Nicola con un sorriso viscido.

Smontarono e si divisero. Ognuno seguendo la propria prostituta oltre i cespugli che separavano la piazzola dalla campagna aperta. Paolo stava per esplodere. Ubriaco, strafatto, euforico. E più quell'eccitazione si ingrandiva, meglio riusciva a scorgerla. Poteva quasi darle un nome, adesso. Ma quanto più si concentrava per definirla, tanto più gli sfuggiva. Come quando si cerca di ricordare un sogno. Gli scivolava via dalla mente, lenta e inesorabile.

Oltre le frasche, i suoi occhi ci misero un po' ad abituarsi al buio. Luna e stelle rischiaravano timide. Davanti a sé, sulla terra spoglia, un materasso lercio e bitorzoluto. A destra il cespuglio gli bloccava la visuale. A sinistra si apriva e gli lasciava vedere un altro materasso. Su quello, china sui gomiti, gambe divaricate, c'era una delle prostitute. Dietro di lei, ad armeggiare con la patta dei bermuda, c'era Carlo. Paolo lo vide calarsi pantaloni e mutande. Afferrarsi l'uccello e menarselo, veloce. Lo vide infilarsi il preservativo e penetrare la donna, ansimando. Occhi al cielo, bocca schiusa. Paolo ne fissava la sagoma. E Carlo intanto, in ginocchio, capo rovesciato, muscoli in tensione, possedeva quel pezzo di carne anonimo. Il volto deformato dal piacere, i gemiti a far vibrare il silenzio della notte.

Lui non riusciva a staccargli gli occhi di dosso. E quando Carlo ebbe un fremito di piacere, Paolo non resistette più. Afferrò la donna per i capelli e la mise prona. Rapido, violento. Le alzò la minigonna. Le calò le mutandine. Si spogliò pure lui. E glielo mise dentro con irruenza. Si voltò: Carlo continuava. Lo schiocco dei colpi scandiva il suo stesso piacere. Accelerò. I gemiti di Carlo gli leccavano le orecchie. I suoi movimenti lo facevano sentire coinvolto nello stesso atto. Quando avvertì un suono gutturale, animalesco, spezzato, si girò e incrociò lo sguardo di Carlo. Affondarono gli occhi l'uno nell'altro e intanto i corpi andavano avanti posseduti da entità primitive.

Vennero nello stesso momento.

Ad Antonio non andava di farlo. Ma quando raggiunse il materasso non ne era più sicuro. L'uccello premeva sulle mutande, il ventre formicolava.

La donna si sistemò su un materasso e aprì le gambe. Si raccolse i lunghi capelli neri e rimase in attesa. Aspettava Antonio: per quella notte sarebbe stata solo sua. Quel pensiero lo inebriò. Lo fece sentire potente. E lo fece sentire amato. Si mise il preservativo. La penetrò, gentile. E subito provò una dolce sensazione di confidenza.

Allora lo capì. Un pezzo dell'intimità che andava cercando, una scheggia dell'amore che non aveva mai ricevuto, lo trovò quella notte. Su un materasso lercio dietro la statale, con una prostituta.

I cespugli frusciarono, i quattro uscirono nello stesso istante.

Si infilarono in auto e partirono. Le casse sparavano la musica a tutto volume. Paolo, Carlo e Nicola cantavano, fischiavano, urlavano. Un coro allucinato. Antonio non parlava. A destinazione, invasero lo spaccio del pakistano come dei vandali. Paolo correva per i reparti minuscoli con una sigaretta in bocca e un luccichio selvaggio negli occhi. Comprarono due bottiglie di grappa. Antonio ebbe la tentazione di strapparle dalle mani del fratello e frantumarle a terra.

Si sistemarono su una panchina di piazza Cavour. Si

attaccarono alla grappa. Paolo e i suoi amici si rincorrevano, menavano le mani, strillavano. Antonio fumava e beveva in silenzio. Non riusciva a fare altro.

Era così insulso da essersi riempito dell'amore fasullo di una troia?

Ma che c'ho che non va?

I fratelli avevano passato il pomeriggio a farsi una canna dietro l'altra.

Tivù al massimo, ventilatori addosso. Il caldo di agosto atroce.

Paolo aveva lavorato solo di mattina. Uno dei muratori si era squarciato una mano con il flex ed erano stati mandati tutti a casa. Tornando aveva comprato una confezione di strutto e con il fratello aveva preparato le pizzette fritte. Roba dell'altro mondo. Fatto uno spinello e spazzolato il pranzo, si erano fatti fuori una vaschetta di gelato al caffè. Adesso erano stravaccati sulle sdraio. In cucina aleggiava puzzo di fritto misto a fumo di erba e sigarette. Guardavano uno di quei film tutti cazzotti e mazzate. Paolo non ricordava il titolo, ma c'era il pelato che gli piaceva un sacco. Quello muscoloso e sempre incazzato. Un vero duro.

Antonio gli passò la canna «Ammazzala» tossì «Sono in coma».

Squillò il telefono. Paolo per poco non si affogò con il fumo. Nessuno li chiamava a casa. Ogni tanto quelli di Vodafone, Tim o vattelappesca, ma era stato tanto scorbutico che si erano quasi arresi.

«E chi è?» Antonio guardava il telefono alla parete come fosse un alieno.

Pensarono entrambi fosse la madre, ma nessuno dei due osò dirlo.

«O hanno sbagliato o sono quelli delle offerte. Lascia perdere».

Il telefono si zittì e loro si rilassarono, ma dopo poco ricominciò.

«E chi è?» ripeté il fratello.

Non lo so, idiota. Invece di fare domande bestie. «... alzati e vedi».

Antonio obbedì, impacciato. Sollevò la cornetta, rispose. Corrugò la fronte e rimase in ascolto. «Stiamo bene...» disse incerto, corrucciato. «No, cioè, sì, ma... oh, mi dispiace... sì, è normale. Okay... lunedì. Ciao». attaccò. Tornò alla sdraio, si sedette e spense la tivù con il manico di scopa.

«La stavo guardando, imbecille!» sbraitò Paolo.

Antonio si limitò a fissarlo. Bocca chiusa, occhi spalancati.

«Ma che c'hai? Chi era?»

«È morta nonna Teresa».

«Chi?»

«La nonna, Paolo. Nonna Teresa».

Paolo si scrollò. Cercava di snebbiarsi il cervello. Se la ricordava a stento, la nonna. L'avevano vista poche volte. E solo quando ancora Stefano e Sandro, loro zio, erano in buoni rapporti. Avevano litigato per soldi, poi, e si erano mandati affanculo. Da allora non avevano più visto né lo zio né la nonna. Paolo di lei aveva ricordi sbiaditi; profumo di fiori, gomme al limone.

«E com'è morta?»

Antonio fece spallucce. «Lo zio non l'ha detto».

«Era zio Sandro al telefono?»

Annuì. «Lunedì ci stanno i funerali in città, m'ha detto ch'è il caso che ci andiamo».

95

«E che ci dobbiamo andare a fare?»

Antonio strizzò gli occhi e attese. «Forse c'ha lasciato dei soldi».

Non lo aveva manco sfiorato, l'idea che la vecchia avesse potuto lasciargli qualcosa. Ma a pensarci era ovvio. Erano pur sempre nipoti suoi: *doveva* averli inclusi nel testamento.

«Ci vuoi andare?» chiese Antonio accendendosi una sigaretta.

La città distava un paio di ore. Paolo avrebbe dovuto chiedere un permesso al lavoro, il che non gli piaceva. Ma quello che gli costava di più sarebbe stato rivedere la marmaglia di stronzi che aveva per parenti. Pezzi di merda con la puzza sotto il naso e il cervello rovinato dalle loro stesse bugie borghesi. Quelle serpi lo repellevano. Non aveva voglia di sostenere i loro sguardi da 'io sono meglio di te'.

Ma i soldi...

«Tu?» domandò Paolo a sua volta.

Antonio parve fare fatica a tirare fuori le parole. «Forse dovremmo. Per nonna. No?»

Suo fratello era un romantico. Si lasciava trasportare dalle emozioni senza metterci testa. «E andiamoci» decretò.

Sentire lo zio gli aveva messo una strana sensazione addosso.

Antonio aveva solo ricordi confusi della nonna. Ma la notizia della sua morte lo aveva destabilizzato. Un altro pezzo della sua infanzia se ne era andato, e pure quello in silenzio. Si alzò, spense la sigaretta nel lavabo e lasciò lì la cicca. «Vado a cambiarmi».

«Perché? Dove devi andare?» fece Paolo.

«Da Italo» mentì; avrebbe visto Anna, l'aveva chiamata quella mattina e preso appuntamento per la sera, ma non gli andava di dirlo al fratello.

«Stronzate!» abbaiò. «Dove stai andando?»

«Da Italo, t'ho detto».

«Affanculo! Il sabato sera stiamo sempre assieme. È la regola».

Paolo lo lasciava solo di continuo. Appresso a qualche ragazza o con Carlo e Nicola. Ma ad Antonio non andava di litigare e non controbatté.

«Italo...» borbottò Paolo, sprezzante. «Che ci trovi in quello? È pieno di sé da fare schifo. Ed è vuoto. Anche se gli piace fare pensare di no. Ed è... come si dice... quando c'hai le arie...» si sforzò, poi si arrese. «Fanculo... è un idiota. Ecco ch'è!»

Antonio voleva evitare lo scontro. «Mi preparo o c'arrivo tardi».

Stette sotto la doccia per un quarto d'ora. Si lavò i denti e si pettinò. Prese una boccetta di profumo che aveva rubato mesi prima. La usava poco per non sprecarla e lo nascondeva per paura che la utilizzasse anche Paolo. Si sentiva uno per bene, con il profumo addosso. Come quelli in paese con la polo infilata nei pantaloni; si illudeva di somigliargli, così. Scelse una camicia che gli andava stretta e un paio di pantaloni che non ricordava di avere. Allo specchio, poi, si esaminò centimetro per centimetro. Si appiattì dei ciuffi ribelli, si lisciò le sopracciglia. Si stese a letto e, vestito di tutto punto, aspettò. Voleva fumare, ma non voleva che gli puzzasse l'alito ed evitò.

Guardò la sveglia sul comodino. Erano passati cinque minuti.

Col cazzo che me ne sto a casa com'a un cretino.

Si rigirava il cellulare tra le mani. Lo guardava come fosse un'arma.

Era un'idiozia. Paolo ne era convinto. E non avrebbe dovuto farlo. Ma voleva. E anche di questo era sicuro. Una certezza che avvertiva nelle ossa e che non riusciva a spiegarsi. La sentiva, netta, e lo pressava, debilitante. Armeggiò con il telefono, se lo infilò in tasca. Lo tirò fuori di nuovo, lo poggiò sulla sdraio, stette a guardarlo. Al contatto con i polpastrelli scottava. Lo fissò a lungo, una bestia feroce pronta ad attaccarlo. Lo prese, lo posò. Lo riprese, lo riposò. Bestemmiò. Le dita tamburellavano sul bracciolo della sdraio. Digrignava i denti, sbatteva le palpebre in modo aritmico. Stette ancora a fissare l'apparecchio. Poi lo fece.

Mandò un messaggio a Oscar. E la risposta arrivò fulminea.

Si sarebbero visti al *Muy Loco*, un pub poco lontano dal centro.

Suo fratello lo aveva costretto a uscire con il Boxer.

Antonio adesso procedeva verso casa di Anna. Il casco ancorato al braccio per non spettinarsi. Avrebbe fatto una figura di merda con quel coso che andava lentissimo e puzzava di olio bruciato, ma non aveva avuto scelta.

«La Punto mi serve, pigliati il Boxer» gli aveva ordinato Paolo.

«Stronzate, me lo fai apposta! Dov'è che te ne devi andare?»

«Cazzi miei. Tu vattene con Italo a fare il frocio. Ma col Boxer».

«'Affanculo! » era esploso Antonio. «Egoista di merda».

Adesso si pentiva di quella reazione.

Tutte le volte che litigava con Paolo aveva la sensazione che nell'universo ci fosse qualcosa fuori posto. Citofonò, Anna scese trafelata ma sorridente, infilata in un bel vestito a righe. Ben truccata, capelli raccolti in una treccia. Antonio pensò che fosse carina.

«Oh» fece Anna vedendo il motorino.

Lui si sentì morire.

«Va benissimo!» si affrettò a dire; doveva aver capito che lui c'era rimasto male. Antonio ne fu mortificato.

«È che non ho il casco». Mentiva e si vedeva.

«Usa il mio». Così dicendo glielo porse.

Lei guardò prima il casco, vecchio e malridotto, e poi guardò lui che, inconsapevole, la supplicava con gli occhi, e accettò. «Dove andiamo?»

«Ti va la pizza?»

Anna annuì.

E partirono. Non appena diede gas, lei gli circondò la vita come in un abbraccio e lo strinse a sé. La pelle di Antonio a quel tocco bruciava.

Una vocina gli diceva che avrebbe fatto meglio a stare a casa. Oscar apparteneva al passato. A quel pezzo di sé che aveva deciso di ignorare. E certe cose era meglio non disseppellirle. Non temeva ciò che aveva sotterrato, era di sé stesso che aveva paura. Della parte di sé, il sé del presente, che avrebbe dovuto fare i conti con quei demoni.

Si disse che si sarebbe potuto rollare un'altra canna, ordinare una pizza e sfondarsi di alcol. Il modo più degno di concludere quella giornata indegna. Ma la voglia di vedere Oscar era tanta. Troppa. Decise, allora, come a cercare un compromesso che lo tirasse su, che ci sarebbe andato ubriaco, al *Muy Loco*. Sbronzarsi lo avrebbe aiutato, pensava. In dispensa era rimasta solo una bottiglia di Ouzo, la schifezza greca che pareva benzina. Italo l'aveva portata ad Antonio da uno dei suoi viaggi da ricchi, ed era rimasta lì.

Si attaccò alla bottiglia e ne ingollò lunghe sorsate.

All'*Antico fornaio* trovarono un tavolo libero senza dovere aspettare.

Si sedettero e si nascosero dietro i menù. Antonio pensava che fosse stata una cazzata, invitare Anna a uscire. Quella serata non avrebbe portato a niente. Inconcludente come l'inizio di ogni cosa bella della sua vita.

«Quindi...» fece lei.

«Quindi...» echeggiò lui. «Lo sai già, che ti prendi?»

Anna glielo disse, ma Antonio non la stava a sentire. Non riusciva a tenere la mente a freno. I pensieri, rapidi, sbatacchiavano inutili tra le pareti della sua scatola cranica.

Calmati, 'sto panico è inutile!

Arrivò il cameriere e prese le ordinazioni.

«A proposito di viaggi» ruppe il ghiaccio lei. «Ne abbiamo parlato a mare... ti ricordi? Ecco, appunto. Tra un mese vado a Berlino».

Lui si complimentò. «E con chi ci vai?»

«Coi miei. Tu c'hai qualche viaggio in programma?»

«Stavo pensando di andare in Spagna» mentì, spudorato.

«Coi tuoi o cogli amici?»

Antonio aprì bocca per rispondere, ma le parole non vennero fuori.

Com'è possibile? Non sa di mamma e papà?

Stefano e Giovanna erano stati sulla bocca di tutti in quel paese pettegolo. Le voci avevano fatto il giro di Camporotondo e subito avevano preso a modificarsi. Quasi da sole, quasi per magia. Arricchendosi di dettagli allucinati e falsi. Alla fine, quando la storia si era fatta noiosa per tutti, Stefano e Giovanna avevano smesso di esistere. Erano spariti dalla bocca e dalla memoria di ognuno. Senza fare rumore. Senza lasciare traccia. Una vergogna da dimenticare. I figli ignorati come effetti collaterali di una malattia passata.

Ad Antonio pareva strano che Anna fosse all'oscuro della vicenda. Eppure gli era parsa sincera. Come se non sapesse davvero che Stefano e Giovanna lo avevano abbandonato, ognuno a modo proprio. L'idea lo fece rilassare. A quel tavolo, quella sera, c'era un Antonio diverso. Sollevato del peso della sua stessa vita.

«Con Italo, un mio amico» disse. «Penso che ci vado con lui» e si rese conto di non aver mentito del tutto: se avesse fatto un viaggio del genere avrebbe voluto farlo con lui.

«Italo Scurati? Non sapevo ch'eravate amici».

«Lo conosci?»

Anna disse di sì. «È piccolo, 'sto paese».

«Un buco di culo!» scherzò Antonio, ma se ne pentì: era una frase da zotico.

«Non lo potevo definire meglio. Io infatti me ne voglio andare».

«Vuoi fare l'università?»

Anna annuì. «Ma ancora non so che fare. Sono brava a disegnare».

«Puoi andare a un'università dove si studia quel genere di cose, allora. Arte, disegno…»

«Sì, forse architettura…» si scrollò. «Tu, invece? Che vuoi fare quando finisce la scuola?»

«Forse mi cerco un lavoro».

«In paese?»

«Gesù, no! Me ne vado sicuro pure io… non so dove o a fare che… ma me ne vado…». Il tono di voce calava sempre di più. «Sicuro come la morte» concluse in un sussurro.

Silenzio.

Lei bevve una lunga sorsata di Coca Cola, si lisciò le pieghe del vestito e sorrise. Poi si lanciò nel racconto dei viaggi che aveva fatto.

Arrivarono le pizze e Antonio si sentiva meglio. Anna gli piaceva, era simpatica. E lui ci stava comodo, a quel tavolo.

Quando arrivò al *Muy Loco*, era ubriaco fradicio.

Lui lo aspettava fumando a un tavolo appartato in fondo al locale.

«È tanto che stai qui?»

Oscar in risposta scacciò un insetto invisibile con la mano.

Il pub era vuoto. Non ci andava mai nessuno, Paolo lo aveva scelto apposta. Era un minuscolo cortile all'aperto, sulle loro teste un cielo senza stelle. Venne il cameriere, che era pure il barista e proprietario, e prese le ordinazioni. Una birra e due cicchetti di tequila a testa.

«M'ha sorpreso, questo invito» disse Oscar; giocherellava con un tovagliolo, lo strappava in strisce sottili e le accartocciava.

«Sorpresa bella o brutta?»

Ci pensò su. «Bella, credo».

Arrivarono i beveraggi.

Paolo alzò il proprio cicchetto, un bicchierino di vetro appiccicaticcio e sbeccato. Oscar parve confuso, ma brindò lo stesso. E via con il primo. E via con il secondo. Ad aleggiare tra loro, come un tacito accordo, la necessità di affrontare quell'incontro con una generosa dose di alcol in corpo.

«Ti sei trasferito, quindi» tentò Paolo.

«Due anni fa. Lì è diverso» strappava di nuovo il tovagliolo. «Le persone, i posti… tutto».

Esibì una mezza risata. «Qui le cose c'hanno il vizio di restare uguali».

«L'ho notato» rise pure lui. «Hai intenzione di andartene, tu?»

Scosse il capo. «Non è così facile. Non posso prendere e scappare».

«Certo, lo capisco, hai il lavoro, qui».

«Se dipendeva da me, il lavoro l'avevo lasciato già. È che c'ho la casa, mio fratello e…»

…cosa?

Silenzio. Entrambi soppesavano i pensieri, meticolosi, intimoriti.

«Ho saputo dei tuoi genitori, mi dispiace» tentò Oscar.

Paolo in risposta si fece fuori mezzo boccale di birra e ordinò altri due cicchetti ciascuno.

«Scusa, non volevo…»

«Non ti scusare» lo interruppe. «In paese fanno tutti finta di niente. All'inizio hanno fatto un bordello della Madonna. E 'sta cosa m'ha fatto girare i coglioni. Ma quando non c'era più di che spettegolare se li sono scordati. Almeno tu non fai finta di niente. Diciamo».

Sentiva le parole uscirgli di bocca. Era come se non fosse lui a parlare. Nella sua testa erano state aperte delle porte. Porte rimaste chiuse per anni. Oscar ne aveva le chiavi e le aveva spalancate tutte. Rivelando stanze buie. Era stato capace di spogliarlo, quello stronzo tutto sorrisi e complimenti. Ma Paolo, nudo davanti a lui, non si sentiva vulnerabile. Era tranquillità, quella che avvertiva. E questo lo mandava in bestia più di tutto.

Arrivarono gli altri alcolici. I bicchierini tintinnarono, la tequila scomparve. Il barista e cameriere e proprietario sparì nel retrobottega. L'unico tavolo occupato si era liberato: erano soli.

Paolo si finì la birra e si accese una sigaretta. «Hai detto che la città è diversa...» fece una pausa, ingoiò l'imbarazzo. «Anche *tu* sei diverso lì?»

Oscar lo guardava dritto negli occhi. Masticava un grumo di saliva, ruminava una risposta che faticava a dare. «Sì, sono diverso anch'io lì».

L'ha capito, quello che gli sto chiedendo? Lo sa, di che sto parlando?

Paolo aveva la lingua dura come un pezzo di cemento. «Sei l'unico uomo che ho toccato. Poi non ho mai... sei l'unico con cui sono stato».

Oscar mandò giù la birra e lo guardò di nuovo. «Perché me lo dici?»

«Non ne abbiamo mai parlato, di quello ch'è successo. E tu sei il solo che la sa, 'sta cosa...»

Annuì, come per dire che capiva, che lo comprendeva.

«Quanti anni avevamo? Sedici?»

«Sedici» mormorò Oscar. «Sì».

«E in città 'sta cosa va bene, diciamo? Non è come in paese?»

«Essere gay?»

A quella parola Paolo si ritrasse. Era come un anatema: pericoloso, e insieme raccapricciante.

«È complicato, in realtà, ma non c'è niente di male a essere gay».

«Smettila» sibilò a denti stretti. «Smettila, di dire quella parola».

Silenzio. Silenzio si piombo.

Oscar lo fissava, pareva determinato. «Ti va di parlarne in un posto più tranquillo?»

Finita la pizza, presero un gelato al bar centrale.

Piazza Cavour era affollata. Anziani ammucchiati sulle panchine. Braccia sui ventri flaccidi, occhi chiazzate di cataratte, osservavano, truci, ogni angolo della piazza. Coppie di mezz'età, uomini con le mani dietro la schiena, donne a spingere passeggini vuoti, si trascinavano in una spola lenta, moribonda. Gruppetti di ragazzini, raccolti attorno ai flipper e ai biliardini, sghignazzavano tenendosi a distanza da tutto e tutti. Bambini piccoli e piccolissimi correvano come in preda a un delirio. Un nero vendeva palloncini e cianfrusaglie. Su alcune bancarelle, in fondo, caramelle, dolci e giocattoli.

Antonio lo trovava un panorama noioso, ma in qualche modo rassicurante. Accanto a lui, Anna gli raccontava di quando si era rotta una gamba sciando. Gli piaceva il modo in cui condivideva quelle storie con lui. Non lo faceva per vantarsi o vattelappesca, era come se avesse voluto renderlo partecipe per davvero.

Sentirono chiamare il nome di lei e si voltarono. Floriana, Martina e Benedetta venivano loro incontro. Zoppicavano sui tacchi come scimmie male ammaestrate.

Ubriache, giulive, calate in minigonne inguinali e top aderenti.

«E voi dove state andando?» trillò Anna.

«Al *Miami*» rispose Floriana. «Stasera si balla! Madonna, sto in *comissima*!» e rise.

«Perché non vieni pure tu?» fece Martina. «Ci sarà un macello».

«Sì, Annuccia, eddài» la pregò Benedetta, che era la più ubriaca.

«Sono con Antonio» rispose Anna, lo afferrò per un braccio e gli fece fare un passo avanti.

Lui oppose una leggera resistenza, poi si lasciò andare. Era sicuro di essere avvampato, orecchie e guance bollenti. Non era una bestia da circo. E lei lo stava esibendo come un animaletto strano e schifoso.

«Sei qui con *lui*?» fece Benedetta, e si fece scappare un sorriso.

«Smettila!» squittì Anna, arrossendo.

Benedetta aveva usato un tono strano. Come fosse stato allucinante vedere la sua amica in compagnia di quel *lui* a cui si era riferita come parlando di uno stronzo di cane.

«Perché siete assieme?» chiese Martina, e gli scoccò un'occhiata.

Nessuna risposta.

«Siete usciti da soli?»

Ancora niente.

Le tre ridacchiarono all'unisono, robot controllati da un'unica entità.

Lo stavano prendendo per il culo. Antonio ne era certo.

«Smettetela!» tentò Anna senza provarci davvero; rossa in viso, cercava di non ridere a sua volta. «Eddài, smettetela... eddài!»

Antonio abbassò lo sguardo.

Conscio di tutti i difetti che aveva e pure di quelli che non aveva, avrebbe voluto scuoiarsi e liberarsi di quella pelle che portava addosso come un marchio di infamia. Anna lo guardò imbarazzata, poi gli sorrise. Lui ebbe la sensazione che gli stesse chiedendo scusa con lo sguardo.

«Ti sei fatta offrire la cena?» esclamò Benedetta, e risero di nuovo.

Antonio avvertì l'istinto di picchiarle. Pugni e pedate.

Il cuore aveva accelerato. Le mani formicolavano. La testa girava.

La bestia si era svegliata.

Se ne rese conto non appena quei pensieri si impossessarono di lui. La creatura informe a guardia del suo cuore, istinto di conservazione imbozzato in una matassa di odio, ruggiva pronta allo scontro.

Poi d'un tratto, senza che potesse obiettare o anche solo pensare, si sentì trascinare via. Anna lo aveva afferrato per un polso, lo portava lontano dalle sue amiche. Si appollaiarono su una panchina alle spalle della piazza, in una zona tranquilla, buia, protetta da pini e cespugli di pitosforo. Lui si accese una sigaretta, lei prese a lisciarsi grinze invisibili sul vestito.

«Scusa...» mormorò lei. «Loro sono... be', sono particolari, ecco».

«...»

«Ma non sono cattive e mi dispiace se t'hanno offeso. È che...»

«Perché sei loro amica?»

Anna fece spallucce.

«Sai, non dovresti accontentarti di quello che ti capita».

«Che vuoi dire?»

Adesso fu lui ad alzare le spalle. «Che sei meglio di quelle tre».

Affondarono gli occhi l'uno nell'altra. Poi, lenti, si avvicinarono e si baciarono. Antonio sentì le labbra morbide infrangersi sulle sue, la lingua bagnata farsi largo nella sua bocca. Presero a baciarsi con più foga, lei gemeva sommessa, e d'improvviso furono in piedi. Anna si avvicinò a un pino, alto, imponente, e lui la seguì. Lei si alzò il vestito, lui si abbassò jeans e mutande e subito sentì la sua mano andare in cerca, afferrarglielo e menarglielo.

Lo fecero contro il tronco dell'albero. Lei era vergine, Antonio se ne accorse subito, ma non disse niente. Quando ebbero finito, in un silenzio posticcio, si rivestirono e si risedettero sulla panchina.

«È stato...» tentò lui, ma non riuscì a finire.

Lei annuì.

«Voglio dire, t'è piaciuto?»

Lei annuì.

«Non so, forse t'ho fatto male... non so... cioè, è andata bene?»

Lei annuì. Annuì. Annuì. Poi prese a piangere.

Antonio non sapeva cosa fare. Si chiedeva se fosse colpa sua, se avesse sbagliato qualcosa, e provò l'istinto di abbracciarla e baciarla. Le si avvicinò e le mise un braccio sulle spalle, ma lei si ritrasse cacciando un singhiozzo. Lui si fece di lato.

«Anna, io...»

«Non è colpa tua» pianse lei. «Davvero, dico davvero» balbettò riuscendo ad alzare lo sguardo su di lui. «Tu non hai... niente. Va bene così, davvero, ma voglio che te ne vai».

«…»

«Ti dispiace? Voglio che te ne vai.»

«Vuoi che me ne vado».

«Sì… sì, vattene».

Antonio rimase immobile, le braccia lungo i fianchi. «Ma…»

«Vattene. Adesso».

«…»

«…»

«Troia. Sei solo la solita cazzo di troia». Si girò e se ne andò.

Attraversò la piazza a grandi falcate, occhi bassi, mani a pugno.

Montò sul Boxer e partì verso casa.

Anna aveva accettato di uscire con lui solo per umiliarlo? Illuderlo e farlo sentire una merda? Antonio non capiva. Non riusciva a comprendere. E una rabbia pericolosa si faceva spazio nel suo petto. E cresceva. Cresceva. Cresceva.

Quell'ira lo trasformava.

Sentiva la necessità di una doccia.

Si vide che attraversava il corridoio, la tivù illuminava la cucina.

Si vide che varcava l'uscio ed entrava nella stanza, tutto era immobile.

Si vide che fissava suo padre steso a terra, cotto dall'alcol.

Si vide che gli si avvicinava in punta di piedi, con il cuore al galoppo.

Si vide che…

Basta. Ti prego, basta. Non ce la faccio più. Basta. Basta. Basta.

Dov'era la paura? Dov'era il dolore? Voleva quelli, Antonio.

Paolo procedeva verso le campagne abbandonate, Oscar gli stava dietro con la sua Panda. Era il posto adatto, quel pezzo di terra. Lì nessuno li avrebbe disturbati e avrebbero potuto...

...cosa?

Era confuso. Agiva come un automa.

Parcheggiò nella strada sterrata, Oscar lo imitò. Si inoltrarono tra gli ulivi secolari. Testimoni dolenti delle loro esistenze in decomposizione. E si sedettero sulla terra asciutta. I rami erano fitti, ma facevano passare la luce della luna. Paolo svitò il tappo della vodka che si era portato appresso. Caldissima, piena a metà. Residuo della notte passata con il cane. Tracannò e la passò a Oscar. Il mondo attorno a loro si era spento. Silenzio denso.

«Sei stato il mio primo» disse Oscar.

«...»

«Lo sapevo già, quello ch'ero, ovvio. Ma tu... quella sera, quando c'avevamo sedici anni, m'hai aiutato a capire un sacco di cose».

«Non ti fa schifo?» riuscì a dire Paolo; ogni parola un macigno.

«Cosa?»

«Quello ch'abbiamo fatto».

«È quello che siamo... la nostra natura. E la natura ha sempre una sua bellezza».

«Allora quello che siamo è un errore» biascicò Paolo. «Siamo sbagliati, noi».

«È così che ti senti? Sbagliato?»

«Mi sento diverso. Malato. Incompleto».

110

«Perché non vivi per come sei davvero».

«Ma io non lo so, com'è che sono davvero».

«Nessuno lo sa con certezza».

«E allora che devo fare?» Paolo agognava una risposta, pregava perché qualcuno gli mostrasse la via, gli spiegasse cosa fare, lo sollevasse da ogni responsabilità.

«Questo non te lo posso dire io. Lo devi capire da solo».

«Stronzate. Sei tu che me lo devi dire».

«Perché?»

«Perché se sono malato è colpa tua».

«Tu hai paura di quello che sei, Paolo. Vuoi dare la colpa a qualcuno di un peccato che non esiste. Un volto al demonio che pensi che t'ha corrotto. Ma non è così».

«È così».

«No, non è così. Tu sei il tuo demonio. E lo sarai finché te lo permetterai».

«Il mio demonio sei tu».

Paolo lo baciò e Oscar rispose al bacio.

Non esistette niente. Fu oblio.

La sua bocca, il suo profumo, il suo calore. Paolo sentiva ogni cosa, vivo per la prima volta. Gli passò una mano dietro la nuca e lo tirò a sé, desideroso di averlo dappertutto. Avrebbe voluto che fosse parte di lui, come una cosa sola. Gli prese la faccia tra le mani e gli affondò la lingua in bocca. Con le dita gli percorse il collo. Gli afferrò i capelli e tirò. Si mise sulle ginocchia e gli si avvinghiò, braccia e gambe. Gli accarezzava la schiena, gli schiacciava il ventre sul petto.

Respiro accelerato, labbra bagnate, pelle bollente.

Lo sentiva forte. Era reale.

Quando si ritrassero, Paolo era ubriaco del suo sapore.

Strafatto del suo profumo. Con il naso che ancora sfiorava quello di Oscar, avvertì gli occhi caricarsi di lacrime. In vita sua avrebbe sempre abitato un'esteriorità fragile. Le profondità che stava scandagliando quella notte non le avrebbe mai più sfiorate. Avrebbe camminato in superficie, verso una meta che non c'era. In punta di piedi per paura di rompere la scorza di finzione che non aveva il coraggio di incrinare. Quella consapevolezza fu una condanna.

Il bianco degli occhi di Oscar brillava nella notte, oasi in un nulla buio. Paolo pensò che ci si sarebbe potuto rifugiare. Ricostruire sé stesso in quello sguardo e vivere in quella persona.

Poi prese la bottiglia di vodka e gliela spaccò in testa.

Oscar non ebbe il tempo di reagire. Cadde sulla schiena, con le mani tremanti si tastava il viso in preda al panico. Paolo gli montò sopra, gli bloccò le braccia e gli diede un pugno in faccia. Poi un altro. Un altro. Un altro ancora. Sentì qualcosa di caldo bagnargli le mani. Oscar sanguinava dal naso e dalla bocca. Gli aveva rotto i denti, sulla fronte un taglio profondo. Si dimenava, scalciava la terra. Lo colpì di nuovo, 'sta volta alla testa, e Oscar si fermò. Svenuto.

Il demone era sconfitto. I suoi peccati non gli avrebbero più sorriso.

Ancora a cavalcioni su di lui, stette fermo a fissarlo. Lo guardava. E si domandava perché quando lottava era capace di farlo come un leone, ma quando amava sapeva farlo solo come un coniglio.

Lo accarezzò, lasciando strisce porpora sulla guancia pallida. Gli sfiorò le labbra. Gli ficcò due dita in bocca. E toccò la lingua bollente.

Si chinò e lo baciò in fronte.

Solo allora si rese conto di avere la faccia piena di lacrime. Paolo piangeva.

Antonio rincasò tardi.

Tornando si era fermato a farsi una canna in una piazzola deserta.

Si era fatto un pianto liberatore. La bestia intanto si era rintanata nel suo anfratto. E adesso era solo. Di nuovo. Si era guardato. La camicia nei pantaloni, scarpe allacciate in fiocchi perfetti. E si era odiato. C'era cascato di nuovo. Si era rilassato, e gliel'avevano messa nel culo. Che stupido era stato a riporre in Anna la speranza di…

…cosa?

Non lo sapeva manco lui, cosa avesse sperato.

Parcheggiò il Boxer e, dirigendosi verso l'ingresso, vide il proprio riflesso sul finestrino della Punto. Poteva scorgerne solo i contorni, come fosse una maschera buia. Rimase a fissare il riflesso per un lungo istante, chiedendosi cosa avrebbe visto il giorno dopo, quando, tornata la luce, si fosse guardato un'altra volta.

Entrò in cucina. La brace di una sigaretta fluttuava nel buio.

«Fermo. Niente luce». La voce di Paolo giunse roca.

Si sedette anche lui e se ne accese una. «Brutta serata?»

«Ottima. La tua?»

«Perfetta».

Finirono di fumare in silenzio. Poi ognuno andò in camera propria.

Paolo rimase sveglio fino all'alba.

Immobile, lenzuola al mento, fissava il soffitto. C'erano più di trenta gradi, ma aveva freddo. Solo alle prime luci del giorno, quando la stanza si dipinse di arancione, chiuse gli occhi e si addormentò.

Sandro Acquicella chiuse la telefonata e rimase fermo, imbambolato.

Trasalì all'abbaiare del cane dei vicini. Ciabattò per il corridoio e sbirciò nella stanza da letto buia: Elvira dormiva. Sdraiata sulla schiena, la pancia che sbrodolava dalla camicia da notte lilla come pane in pasta che trabocca dalla pirofila, pareva un cetaceo spiaggiato.

Da che loro figlia Caterina era in Germania con il nuovo fidanzato, di vent'anni e un matrimonio più vecchio di lei, sua moglie dormiva tutto il giorno. Era depressa. O almeno, così diceva Steppapane, lo psichiatra che l'aveva in cura. Ma secondo Sandro aveva solo bisogno di attenzioni e aveva deciso di inventarsi quel teatrino. Con tanto di pianti, urla ed emicranie. Lui, manco a dirlo, era il disgraziato che doveva occuparsene.

Era sempre stata aggressiva, ma con la presunta depressione le cose erano peggiorate. Lo lasciava uscire solo per il lavoro. Se rincasava tardi capitava che gliene mollasse una. Gli controllava i messaggi. Gli lanciava stoviglie e soprammobili se si azzardava a disobbedirle. Questa era la vita di Sandro Acquicella a cinquantacinque anni, ma in fondo, si diceva sempre lui stesso, c'era da aspettarselo. Fin da ragazzino la sua esistenza era stata segnata da un perenne contrasto con esseri più forti di lui che lo avevano sottomesso. E con il passare del tempo perché le cose sarebbero dovute cambiare?

Per sua stessa fortuna, comunque, non era uno dalle grandi pretese.

Gli bastavano *Passaparola* alla tivù, una margherita con il salame e una Moretti. Erano i paletti del recinto in cui si era rinchiuso. Gli bastava poco per essere tranquillo; non felice, ma sereno. E quel benedetto, maledetto recinto lo aveva sempre rispettato. Un pascolo rassicurante da cui non era mai uscito. Si era sempre fatto bastare quelle cose, prigioniero inconsapevole, ma il pomeriggio prima era evaso.

Era appena morta sua madre. Infarto fulminante. L'avevano trovata nel letto, con le calzette di lana grezza ai piedi in pieno agosto. Sandro pensava di essere pronto, ma si era scoperto impreparato. Sia sul piano emotivo sia sul piano pratico. E su quest'ultimo il problema più grosso erano i suoi nipoti, Antonio e Paolo. Doveva avvisarli? Dirgli del funerale? Non li vedeva da dieci anni. Forse si erano pure dimenticati di lui. Per non parlare di tutte le balle che Stefano doveva avergli rifilato sul loro conto. Quello era un buono a nulla. Alcolizzato, violento, bugiardo patologico. Elvira diceva che le mele non potevano essere cadute lontano dall'albero. Che con la sua famiglia, quella di Sandro, lei non voleva averci più niente a che fare. E diceva che se avesse invitato Antonio e Paolo al funerale, quelli lo avrebbero fregato. Come facevano tutti. Come aveva fatto Stefano.

Suo fratello gli aveva rubato diecimila euro. Sul serio. Glieli aveva rubati per davvero. Ed era a questo che si riferiva la moglie. Lui non ne parlava mai. Quella faccenda lo faceva soffrire pure a distanza di anni. Pure se suo fratello era morto. Pure se dei soldi, in effetti, non gli importava. Elvira, invece, tirava fuori il discorso con una cadenza quasi regolare. Come a voler girare il coltello nella piaga.

«Ti faresti abbindolare. Come sempre. Sei uno smidollato, le faine sentono l'odore di quelli come a te e ti divorano intero! Non osare chiamarli, a quei due. Non osare!»

Li aveva chiamati.

Aveva disobbedito a Elvira. Era evaso dal recinto.

Aveva parlato con il minore, Antonio, e aveva capito subito di avere fatto la cosa migliore. Erano solo dei ragazzini. Non avevano colpe. Ed era ingiusto che i peccati del padre ricadessero su di loro.

Si sedette in poltrona a fissare il muro bianco.

Caterina non sarebbe più tornata dalla Germania e lui si sentiva sempre più solo in casa con la moglie. Voleva qualcuno che si occupasse di lui da vecchio; si sentiva degradare, un massa in sfacelo. E più ci pensava, più pensava ad Antonio e Paolo. Al sangue del suo sangue. Non appena Elvira si fosse svegliata, glielo avrebbe detto. L'avrebbe affrontata. A testa alta.

Lo avrebbe fatto per i nipoti.

Salvare loro per redimersi da una vita da ignavo.

Antonio parcheggiò il Boxer nel vialetto e bussò.

«Checcazzo, finalmente!» lo accolse Italo.

C'era fresco, nella vecchia cascina. Una moquette spessa e profumata foderava il pavimento. Alle pareti, quadri dalle trame esotiche e piante rigogliose che arrivavano al soffitto. Sulle mensole, suppellettili, foto e libri impilati con ordine. Oltre la parete finestrata, ulivi e mandorli che si succedevano a perdita d'occhio. La campagna desolata e silenziosa. In soggiorno, il divano sostava davanti alla tivù e al caminetto spento. In fondo c'era la cucina, al piano di sopra le camere da letto.

Domenica, era quasi ora di pranzo.

Antonio era uscito di casa in punta di piedi, Paolo dormiva ancora. In paese si era fermato per comprare pollo arrosto e patatine, poi si era diretto lì.

La vecchia cascina, il suo migliore amico, un film e po' di erba: non aveva bisogno di altro.

Antonio si sedette e preparò le canne. «C'ho messo un macello di erba».

«Ho comprato il gelato, così c'abbiamo pure il dolce». Italo prese posto accanto a lui. «Ieri sera t'ho visto in piazza. T'ho chiamato, ma non ti sei manco girato e te ne sei andato subito. Anzi, pareva che scappavi».

Antonio si irrigidì. «Non t'ho sentito, mi dispiace... c'era casino».

«Ma che ci facevi, lì?»

«Una passeggiata». Non voleva raccontargli di Anna.

«Una passeggiata?»

Annuì.

«Da solo?»

Sbuffò.

«Non me lo devi dire per forza, con chi eri o che facevi. Ma non sparare cazzate, almeno».

Antonio finì di rollare gli spinelli e posò lo sguardo su di lui.

Gli tornò in mente la scenata che aveva fatto davanti al *Miami*. Aveva urlato. Si era quasi messo a piangere come un bambino viziato. E aveva detto cose di cui poi si era pentito. Non lo capiva manco lui, cosa gli prendeva certe volte. Vomitava pensieri indigesti che germinavano dai cumuli di piccoli, insensati dolori che ingurgitava ogni giorno.

Doveva dirgli di Anna. Non farlo sarebbe stato ingiusto.

Così gli raccontò tutto. Non scese nei dettagli, però. E non perché non volesse, ma perché non riusciva a ricordare i particolari della serata: un banco di nebbia gli impediva l'accesso a quell'area del cervello. Il racconto venne fuori confuso e straniato.

Italo esibì un'espressione contrariata «Hai sbroccato».

Antonio non rispose.

Si sistemarono sul sofà, misero MTV e accesero gli spinelli. Per un po' non parlarono. Il fumo si raccoglieva in spire sinuose.

«Ho sbagliato, secondo te?» riuscì a dire Antonio.

«Sì».

«Checcazzo...» tirò e sbuffò una nuvoletta grigiastra. «È questo il mio problema».

«Che esageri sempre, intendi?» pareva volere conferma a una certezza che aveva già.

Era quello che intendeva, sì, ma i suoi difetti, gli spigoli, le rugosità, pronunciati da Italo avevano un tono aspro alle sue orecchie. Antonio si costrinse a dire di sì. «Insomma, non è che *esagero*...»

«È proprio che esageri, invece» rise.

«È che vivo in modo più *intenso*, io».

«E che significa 'sta cosa?»

«Che ne so...» il pensiero nella testa di Antonio aveva senso, funzionava, ma non avrebbe saputo metterlo a parole. «Che sento di più le cose, diciamo».

«Tipo che c'hai più sentimenti degli altri?»

«Eh, sì... tipo» si bloccò, gli pareva un ragionamento folle. «Sono pazzo, secondo te?»

«Secondo me è solo che ti credi troppo diverso».

Antonio in risposta gli lanciò un'occhiata in tralice.

«C'hai troppe insicurezze. Per quelle sei paranoico eppoi esplodi».

«Non ho capito».

«E come te lo spiego?» Italo tirò dalla canna nel modo strano dei non fumatori di sigarette. «Sei convinto che sei diverso. Che gli altri non c'arrivano, a capirti. Epperciò ti senti solo. Ma anche se ti senti solo non riesci a fidarti degli altri. Perché c'hai paura di prenderla nel culo epperché pensi che nessuno ti vuole bene. Allora ti spaventi. Non sei capace di controllarti e te la pigli con chi c'hai vicino. Lo aggredisci, diciamo...» tirò di nuovo e sbuffò. «Capito che intendo?»

Antonio chiuse gli occhi. Prese una lunga boccata d'aria. Li riaprì.

Era come se la verità avesse invaso ogni cosa, straripata dagli argini di finzione che l'avevano contenuta. Ecco come stavano le cose: il cattivo era lui. La parte marcia che provoca sofferenza in chi gli sta attorno. Era lui. Lui e basta. E lo era sempre stato. Il ramo da recidere. La radice da estirpare.

Si guardò le mani. Era come se le vedesse per la prima volta.

Tornò su Italo, e pensò che gli faceva pena e che allo stesso tempo lo invidiava. Maledetto da tutto l'amore che aveva ricevuto, il mondo non lo sfiorava nemmeno. Viveva in alto, lui, sulla cima di una montagna.

Un'ora dopo, sul divano, si sganasciavano dalle risate sputacchiando pezzetti di pollo e patatine fritte. Le canne avevano fatto il loro lavoro.

«Tu pensi che per un granchio un pesce sa volare?» gli domandò Italo; gli occhi erano tizzoni ardenti, in faccia un sorriso idiota. «I pesci sono i supereroi del mare».

Antonio rise fino a sentire dolore alla pancia.

«Sono serio» esclamò. «Se ci pensi ha senso».

«No che non ce l'ha». Non riusciva a smettere di ridere.

«Invece sì!»

«Invece no!»

«I granchi stanno sempre attaccati agli scogli, giusto? Mentre i pesci nuotano nell'acqua, giusto? E l'acqua per loro è come l'aria per noi, giusto?». Aveva la bocca impastata, parlava mangiandosi le parole e allungando le vocali. «Allora è ovvio che quando un granchio vede un pesce che nuota pensa che sta volando. È questione di prospettiva!»

Antonio si arrese: in effetti, forse, Italo non aveva tutti i torti.

«Facciamocene un altro, prendiamo i fucili di papà e spariamo agli alberi» propose Italo.

«Io voglio farmi il bagno!» si lagnò Antonio; c'era la piscina, sul retro.

«Sissignore, ci facciamo pure il bagno».

Antonio lo abbracciò. Le canne lo facevano diventare emotivo.

Tipo che c'hai più sentimenti?

E per Italo provava qualcosa di tanto grande da sentirsi piccolo.

«Ce ne facciamo un'altra, allora?»

«Sì, ma come Dio comanda, questa. Passami l'erba, dài».

Antonio, in panciolle sul sofà, sorrideva. Avvertiva una sensazione di completezza che non gli faceva desiderare niente. Per la prima volta da che ricordasse non *desiderava*. Lui era. E basta. Non c'era niente di eccezionale in quella casa e in ciò che lo circondava. Ma gli sembrava uno spettacolo incredibile. Una bellezza morbida su cui adagiarsi senza paura di cadere.

L'aria immobile. Il sole calava, la sua luce rossastra si aggrappava alle pareti, ai mobili, a loro stessi. Come se la giornata non avesse voluto finire.

Prima si illuminarono le colline, puntellate dalle carcasse dei cespugli divorati dagli incendi estivi. Poi i campi, con le ombre degli alberi che si allungavano ad artigliare la terra. E infine le strade, le palazzine, le persone.

Quando il sole che nasceva investì casa Acquicella, i fratelli erano già svegli. Paolo, braccia infilate in uno scatolone in fondo all'armadio, cercava il vestito buono. Lo adagiò sul letto con movimenti delicati, come maneggiando un cadavere, e rimase a fissarlo.

«Ce li mettiamo solo per i funerali». Antonio era sulla porta, calato nel suo completo; gli stava bene, pensò: un po' stretto, sì, ma lo faceva sembrare adulto.

A Paolo, guardando il suo, pareva di avere davanti una salma. Il pensiero di doverlo indossare lo inorridiva. «Quando muoio, nella bara, non mi ci mettere co' 'sto coso. Spendi tutt'i soldi per un vestito nuovo e seppelliscimi con quello. Okay?». Quell'abito era pregno del dolore con cui era entrato in contatto, assorbito con ogni fibra del proprio tessuto.

«Vado a fare il caffè. Spicciati».

Mezz'ora dopo, Paolo al volante, facevano strada verso la città.

Camporotondo era deserto. Serrande abbassate, finestre sbarrate. Il paese sembrava una gigantesca polveriera pronta a esplodere. L'alba colorava di un tiepido arancione le pareti delle palazzine, l'aria era sospesa. I fratelli fumavano la prima sigaretta della giornata e si ostinavano a professare un mutismo forzato. A Paolo quella quiete pesava, ma piuttosto che dar fiato alla bocca si sarebbe sparato a una gamba. D'un tratto, presa la statale, piede rigido sull'acceleratore, dentro di sé fu come se fosse scattato un interruttore. Ed ebbe la tentazione di fare inversione. Voleva tornare indietro, rintanarsi in paese e ficcarsi in casa. Porte chiuse a doppia, tripla, quadrupla mandata.

Si era sempre sentito troppo grande per Camporotondo. Un gigante a cui avevano legato mani e piedi perché non si sviluppassero in modo adeguato. Ma adesso, il muso della macchina rivolto al confine di quella prigione, si cacava addosso. L'orizzonte, con il suo allontanarsi paradossale, lo scherniva. E lui rimpiccioliva.

Blindò la paura e si costrinse a procedere.

«Quanto manca?» chiese Antonio, e sbadigliò.

L'autostrada, una cicatrice grigiastra tra i lembi di terra assediati dall'avena selvatica, era sgombra. Ma la Punto, vecchia e stanca, faticava a tenere un'andatura decente.

Se c'avevamo una macchina vera arrivavamo subito, pensò. «Siamo appena partiti» disse.

«Ti scoccia se dormo?» fece Antonio sistemandosi di fianco sul sedile. «Mezz'oretta».

Dormì per l'intero tragitto. Paolo guidò in silenzio e con il cervello in panne. Finestrini calati, radio accesa.

La città era come Paolo la ricordava. Riconobbe persino la gelateria dove si fermava con i suoi. Incuneata tra un alimentari sudicio, un affastellamento di cibo e detersivi, e un hotel in decomposizione, il *Grand Fillmore*. Era identica a dieci anni prima. Lui e Antonio prendevano sempre il gelato al cioccolato, ma mai prima di aver passato in rassegna l'intero bancone, mentre Stefano bestemmiava ordinando loro di sbrigarsi. Alla fine, sguardo di chi è incazzato ma vuole soprassedere, il padre chiedeva al gelataio di aggiungerci un paio di biscotti.

Paolo non avvertì nostalgia, quel posto era freddo come tutti i ricordi della sua infanzia. Negli anni si era impegnato a cancellarle, quelle radici marce, ma, incapace di eliminare le reminiscenze vere e proprie, era riuscito solo a devitalizzarle. E adesso le carcasse stavano lì, inutili e silenziose.

Parcheggiò in un posto per disabili, smontò e si stiracchiò. Suo fratello si guardava attorno, la camicia stropicciata, la cravatta di traverso.

«Tutto bene?»

Antonio annuì.

«Sicuro?»

Ci mise qualche secondo per rispondere. «È che c'ho paura».

«Paura di che?»

«Paura e basta». Alzò le spalle. «E non c'è bisogno che mi dici niente. So che non ce n'è motivo, ma ce l'ho lo stesso. Cerca...» sbuffò e pestò la polvere. «Cerca di accettarlo e basta. Non devi capirmi per forza. Okay?»

Paolo lo raggiunse e gli sistemò la camicia e la cravatta. Gli passò un braccio attorno al collo e lo strinse a sé. «Io con te e tu con me. Sempre».

C'era un mucchio di persone vestite di nero sulla gradinata.

Antonio le studiava una per una in cerca di un viso familiare. E intanto, i muscoli come pezzi di legno, avanzava lento. La chiesa disegnava sulla piazzetta un'ombra arzigogolata. Una lunga auto grigia, vetri fumé, corona di fiori poggiata alla fiancata, presiedeva la folla.

Si bloccò. Paolo, senza fermarsi, lo fece andare avanti con un braccio.

Donne anziane, fazzoletto alla mano, rosario alle labbra, lacrime agli occhi, borbottavano e scuotevano il capo. Vestiti flosci, capelli bianchissimi, grassi mariti ad accompagnarle. Alcuni di mezz'età, uomini e donne con larghi occhiali da sole, stavano in disparte, facce più imbarazzate che tristi.

I fratelli si misero lì dove finiva il capannello. Antonio si sentiva cuocere, intrappolato nella giacca a doppio petto. Aveva le ascelle sudate, ma la camicia non aderiva alla pelle e, a ogni movimento, avvertire il tessuto bagnato gli provocava una sensazione di disagio.

«Che facciamo?»

«Niente facciamo. Che vuoi che facciamo?» sibilò Paolo.

Ogni respiro era complicato. Aria dura, petto pesante. Gli girava la testa, un flusso acido tentava l'arrampicata dell'esofago. Quando Antonio stava per abbandonarsi al panico, il pianto strozzato in gola, si sentì chiamare. Davanti a loro c'era un ometto sui cinquanta. Basso e tozzo. La pelata, circondata da una corona di deboli capelli sale e pepe, ricoperta di croste e chiazze rosee. Aveva il viso imperlato di sudore, degli orrendi baffetti sotto il naso a patata, gli occhi piccoli infossati nel cranio. Antonio avvertì il cuore mancare un battito.

«Ciao zio». Paolo era rauco ma sicuro di sé.

Sandro Acquicella stampò loro due soffici baci sulle guance. «Sono contento che siate qui». Li guardò. «La funzione sta per cominciare. Quando sarà finita vorrei parlarvi». Non faceva che passarsi la lingua, un'orribile cosetta molle e rossiccia, tra le labbra sottili.

Paolo disse che sì, si sarebbero fermati. Ma aggiunse che avrebbero dovuto fare in fretta. Non avevano molto tempo. E si diedero appuntamento nella via laterale alla chiesa.

Il chiacchiericcio impennò, poi si interruppe di colpo. Una quiete slabbrata si impossessò della piazza. Antonio si voltò, la sua mano saettò al braccio di Paolo e lo strinse. Il portellone dell'auto era alzato. Quattro uomini, giacca e cravatta, occhiali da sole, espressioni truci, ne tiravano fuori una cassa da morto. Legno lucido, maniglie dorate, sulla superficie fiori e nastri colorati. Il convoglio si fermò, bara in equilibrio sulle spalle, e al rintocco di campane invisibili partì lento verso la chiesa. Gli addolorati, con l'avanzare del feretro, poggiavano con affettata delicatezza un fiore sulla cassa.

Fu allora che Antonio sentì il braccio di Paolo scivolargli dalla presa. Lo vide camminare tra la gente senza toccare nessuno. Sputarsi in una mano, tenendola davanti alla bocca con le dita chiuse. E poggiarla sulla bara.

Quando tornò accanto a lui, in viso aveva un'espressione feroce.

Non l'aveva visto nessuno.

Paolo uscì dalla chiesa per primo.

Girò per la viuzza dove avevano appuntamento con lo zio e si piazzò in un cono d'ombra. Antonio gli veniva dietro a testa bassa. Poggiati al muro scrostato di certe palazzine grigie, si accesero una sigaretta.

«Che gli vuoi dire?» fece Antonio; dita tremanti, voce bassa.

«Gli voglio chiedere del testamento».

«Di punto in bianco?»

«…»

«Ma così capisce che c'interessano i soldi, però!». Prese un'altra sigaretta. «Non possiamo…»

«Cosa» lo interruppe Paolo. «*Non possiamo*, cosa?»

«Che ne so… parlarci».

«Epperché cazzo dobbiamo parlarci?»

Antonio tirò dalla sigaretta.

«Qual è il problema se capisce che c'interessano i soldi? È la verità, no?»

Aspirò un'altra volta, sbuffò il fumo e aspirò ancora.

«No?»

«No! Cioè sì, ma, voglio dire, magari potevamo…» sbuffò. «Che ne so, parlarci. Capire se… non lo so, pensavo che potevamo…»

«*Potevamo* cosa? Eh? T'eri immaginato che diventavamo una famiglia? Che ci facevamo pace?». Tirò una pedata al marciapiedi. «Porcoddio, devi crescere, puttana alla Madonna! Mi stai a sentire? Devi crescere!»

Antonio non fiatò. Paolo marciava sul bordo della carreggiata.

Gli addolorati intanto uscivano dalla chiesa. Un fiume nero che si riversava nella piazza. Passarono minuti lunghissimi. E mentre Paolo non la smetteva di fumare e camminare. Avanti e indietro, avanti e indietro, avanti e indietro. Antonio, schiena curva, capo chino, si tormentava le dita. Quando la folla si fu dispersa, il carro funebre sparito, Sandro venne loro incontro. Si fermò sul marciapiedi. Guardò a sinistra e poi a destra. Lo fece ancora e ancora e ancora. Attraversò la strada e, evitando grate e tombini, li raggiunse. Paolo, in quei movimenti affettati, in quelle manie infestanti, riconobbe suo fratello.

E odiò lo zio. Odiò Antonio. Odiò sé stesso. Perché se Antonio era Sandro, lui era Stefano.

Li raggiunse, a dividerli un muro di imbarazzo. Che si dice a un uomo con cui si sono condivisi anni di reciproca indifferenza? Antonio avrebbe voluto sezionarsi il cuore e darlo allo zio. Mostrargli ciò che non riusciva a mettere a parole. Piazzargli sotto al naso i pensieri che non poteva esprimere.

«Siete due uomini». Sandro esibì un sorriso posticcio. «L'ultima volta che...»

«Eravamo dei bambini, l'ultima volta che ci siamo visti, sì» lo interruppe Paolo, secco.

«Avevate... dodici e nove anni?»

Non ebbe risposta.

Paolo stava dritto. Braccia incrociate, testa alta.

«Come sta Giovanna?» tentò Sandro.

Antonio pensò che lo zio stesse cercando di fare breccia nella loro cortina difensiva, e provò un moto di affetto.

«È sparita». Paolo era privo di sfumature. «Lo sai. Non negarlo».

«Non lo nego!» abbozzò un nuovo sorriso, tornò subito serio. «Mi chiedevo se l'aveste...»

«È sparita, t'ho detto. C'ha abbandonati. E basta».

Ad Antonio non passò manco per la testa di contraddire il fratello e raccontare la verità. Paolo in quel momento gli dava la sensazione di una cosa precaria. Come quando ficcava troppa roba nell'armadio e bastava sfiorarne l'anta perché cedesse e sputasse fuori tutto. Gli si agitava qualcosa dentro che Antonio non aveva mai visto in lui. E per la seconda volta in vita sua pensò che suo fratello, forse, era fragile come tutti.

«È per questo che siete arrabbiati. Vi sentite abbandonati».

«Non conta niente com'è che ci sentiamo. Siamo qui per la nonna. E per il testamento».

Sandro sgranò gli occhi. «Per il... cosa?». La lingua, frenetica, passava e spassava tra le labbra.

Paolo annuì. «Vogliamo quello che ci spetta».

«Ma che vi spetta?»

«Quello che c'ha lasciato. Vogliamo la nostra parte».

«La vostra...»

«Poi ce ne andiamo e potete fare finta che non esistiamo, come fate sempre. Tanto noi...»

«Ma non vi ha lasciato niente!»

Silenzio.

«Che cazz'hai detto?»

Lo zio rispose con un'occhiata dispiaciuta. Pareva costernato, come fosse colpa sua. Fece qualche passo avanti e, timido, poggiò le mani sulle spalle di Paolo. «Figliolo, io...»

«Fermo!» Si liberò con una manata. «Non toccarmi!»

Sandro arretrò. Sorpreso, spaventato, amareggiato.

Altro silenzio. Silenzio pesante.

Un brusio lontano acuì la sensazione di desolazione di Antonio.

«Non siamo qui per 'ste cazzate!» urlò Paolo. «Non le vogliamo».

Sandro fece per parlare, ma non ne ebbe il tempo.

«Non ci provare!» gridava e sputacchiava. «Non siamo qui per 'ste cazzate, t'ho detto».

Antonio credette di sentire la voce di suo fratello incrinarsi.

«Figliolo, non ti capisco». C'era una nota esasperata nel tono dello zio. «Di che parli?». Capo chino, mani giunte in preghiera. «Cos'è che non devo fare?»

«Zitto! Non le vogliamo, 'ste cose. Cazzo, non le vogliamo, t'ho detto». Gridava frasi insensate, sembrava rispondere a una voce nella sua testa che loro non potevano sentire.

Fu allora che Antonio ebbe la certezza che il mondo fosse sul punto di crollare. Paolo aveva perso il controllo, e 'stavolta la rabbia non c'entrava. Era forte suo fratello, ma mai abbastanza.

«Paolo, se solo mi lasciassi parlare...»

«No...»

«Ascolta...»

«No, porcalaputtana. No!»

«Ma...»

Sandro fece per avvicinarglisi, Paolo caricò e lo spinse.

Finì per terra, gambe all'aria, schiena a grattare l'asfalto. Paolo avanzò, Antonio pensò che lo avrebbe ammazzato. Allora gli si piazzò davanti e gli mise le mani sul petto. Paolo teneva gli occhi fissi su Sandro. Assenti, spalancati. Due lacrime solitarie gli rigavano gli zigomi, scendevano e si fermavano agli angoli della bocca. Le labbra tremavano.

Antonio ne fu terrorizzato: suo fratello stava implodendo davanti a lui.

«Paolo...» non riuscì a dire altro.

Ma quello era catatonico.

Un urlo squarciò l'aria. Antonio si girò e vide la zia accanto alla chiesa che si sbracciava e urlava. Con lei, gli ultimi rimasti dal funerale. Strillò il nome del marito e, barcollando, corse verso di loro. Sandro, a terra, dondolava tenendosi la nuca.

Qui scoppia un bordello.

«Paolo, cazzo, ascoltami!» gli urlò in faccia. «Paolo... eddài. Paolo, Paolo, Paolo!». Lo afferrò per le spalle e lo scosse. «Ce ne dobbiamo andare, cazzo. Ce ne dobbiamo andare! Oddio... Paolo!» niente «Paolopaolopaolo... cazzo, Paolo!»

Era come se la coscienza di suo fratello fosse fuggita. Le lacrime continuavano a scendere, le labbra a tremare. Il gruppo intanto aveva preso a inveire contro i fratelli. Intimavano loro di allontanarsi da Sandro.

Si voltò, caricò e assestò una manata in piena faccia al fratello.

Ancora niente.

Dove cazzo sei, Paolo?

Giungeva tutto da lontano.

In uno vuoto denso, ogni cosa si mischiava. Forme e confini labili. Paolo vedeva solo la faccia di Sandro. Galleggiava nel nulla e si trasformava. Diventava Stefano. Poi Antonio. I lineamenti si stravolgevano, rapidi. Il viso tramutava, e intanto si avvicinava, lo assaliva. I volti deformati da sofferenze allucinate, piegati in espressioni di dolore. Non capiva cosa stesse succedendo, ma sentiva la voce di Antonio. Lo sentiva urlare il suo nome, piangere e pregarlo. L'angoscia del fratello divenne la sua e, con uno sforzo che gli parve tanto grande da poterlo uccidere, ci si aggrappò. Si aggrappò a quella sensazione di panico che da Antonio avvolgeva tutto. Afferrò, strinse, tirò, scalciò, si issò.

E il mondo riprese forma.

Era nella Punto. Seduto composto con la cintura di sicurezza a segargli il collo. Antonio guidava, dita salde sullo sterzo, e piangeva in silenzio. Erano in autostrada, dovevano essere partiti da un pezzo.

«Ch'è successo?»

Antonio si girò di scatto e lo fulminò con lo sguardo.

Paolo si tolse la cintura, si sfilò giacca e camicia e si accese una sigaretta. Quando perdeva i sensi, di solito, si sentiva uno straccio. Adesso gli girava la testa ed era accaldato, ma stava bene.

«Sono svenuto?»

Antonio lo guardò in tralice per la seconda volta.

«Che cazzo significa 'sto sguardo?». Spense la sigaretta sul cruscotto. «Mi rispondi o no?»

Cercava di ricordare cosa fosse successo, ma aveva un vuoto. Come se qualcuno avesse spento la luce.

«Porcalaputtana, mi rispondi o no?» e diede un pugno al tettuccio.

«Fanculo» strillò Antonio. «Fanculo. Fanculo. Fanculo!»

Paolo si sporse, afferrò il volante e sterzò verso destra. Brusco, senza guardare né indietro, né in avanti. La Punto finì in corsia di emergenza. Le ruote stridettero. Antonio poté solo urlare e pigiare il freno, finché l'auto, sbandando, si spense con un singhiozzo che li fece sobbalzare sui sedili.

Antonio prese a gridare.

Paolo smontò. Indosso solo pantaloni e scarpe. Superò il guardrail, fece qualche passo nell'erba selvatica, si abbassò i calzoni e pisciò.

Suo fratello urlava inferocito, suoni inarticolati, imprecazioni, insulti. Smontò pure lui. «Coglione! Ci potevi ammazzare. Coglione!»

Paolo scavalcò il guardrail e gli andò incontro. «Bene, t'è tornata la voce». E si accese una sigaretta.

Antonio fendette l'aria e con una manata gliela fece schizzare via.

Lui non si mosse. Bocca schiusa, braccia lungo il corpo.

Suo fratello non lo aveva mai sfidato. Non in quella maniera.

Paolo lo studiò, poi gli diede uno schiaffo in faccia. Antonio per poco non cadde, ma incassò in silenzio. Sul ciglio dell'autostrada, rigidi e muti, il sole che picchiava, stettero a fissarsi.

Poi accadde. E accadde tutto come in una frazione di secondo.

Antonio gli diede un pugno, lo colpì al collo. Paolo lo afferrò per i capelli e lo sbatté contro l'auto. L'altro, menando alla cieca, lo prese all'addome. Si allontanarono, si lanciarono di nuovo l'uno addosso all'altro. Finirono per terra. Antonio gli bloccò le mani e lo colpì sulla faccia, sulla testa, sul petto. Finché Paolo non si liberò. Gli salì di sopra, lo immobilizzò, gli premette la testa sull'asfalto, gli assestò uno schiaffo. Antonio prese ad agitarsi come un pesce all'amo.

«Smettila!» gridò Paolo. «Cristoddio, basta. Basta, t'ho detto!»

Ma Antonio continuava a dimenarsi sotto di lui. «Sei un bastardo. Un bastardo del cazzo».

«Basta... basta!»

Più lento, più debole, smise di urlare. E le imprecazioni divennero singhiozzi. Paolo lo fissava inebetito. Si sedette contro il guardrail e gli accarezzò la faccia, ma

Antonio si scostò. Si mise a sedere pure lui, la schiena contro la fiancata dell'auto. Dal naso un misto di sangue e muco. Dalla bocca schiusa rantoli e singhiozzi.

«Antonio...»

«Zitto» piagnucolò. «Non dire niente...» balbettava; voce striata di dolore, bocca impastata. «Sei com'a papà. Fai di testa tua eppoi quando rovini tutto sono io che ci rimango fottuto. E non ce la faccio più». Alzò gli occhi al cielo, si asciugò il naso con la manica. «Non ce la faccio più... non sono una bestia che potete sacrificare per i vostri deliri. 'Sta vita è mia. Non ve la posso regalare».

Paolo non capiva.

«Già v'ho dato troppo. A te, a papà... e pure a mamma» singhiozzò. «V'ho dato tutto quello ch'avevo. Pure l'anima. Ma voi rovinate le cose. Le cose belle, le rovinate tutte. E tu le rovini com'a papà. E io non ce la faccio...» sospirò, sbuffò. «Non ce la faccio».

Gambe stese sull'asfalto, testa inclinata sulla spalla dove si apriva uno strappo nella giacca. Si mise in piedi. Barcollava, si teneva un fianco. Entrò in macchina, si sedette sul sedile posteriore e si accoccolò contro il finestrino. Ginocchia al petto, la testa tra le mani.

Paolo era ancora seduto per terra, schiena poggiata al guardrail.

In testa i volti del padre, dello zio, di Antonio. Trasfigurati dal dolore.

Antonio si svegliò in un bagno di sudore.

Si sedette sul bordo del materasso, mise a fuoco la sveglia: le dodici.

Nelle ultime due settimane aveva passato molto tempo alla vecchia cascina con Italo. Insieme avevano rollato uno spinello dietro l'altro fino a sfasciarsi. L'amico gli aveva chiesto di raccontargli cosa fosse successo. Antonio aveva lividi, graffi e uno zigomo gonfio. Ma a lui non andava di parlarne e Italo aveva capito. Erano state delle belle serate, ma ogni notte, tornato a casa, era stato come se il buio avesse voluto divorarlo.

Entrò in cucina e bevve dal rubinetto.

Suo fratello non c'era, doveva essere a lavoro. Dal funerale si erano visti poco. Antonio dormiva tutto il giorno e passava le notti fuori casa. Paolo passava le giornate in cantiere e la sera andava a letto presto.

Antonio i primi giorni aveva provato repulsione per lui, ma il sentimento era andato scemando e adesso gli mancava. Voleva solo che tutto tornasse alla normalità.

Squillò il cellulare, era Italo. Aveva bisogno di una mano a sbrigare certe faccende.

Paolo era in cantiere, ma non era capace di lavorare.

Distratto e svogliato, addosso aveva una debolezza che non gli dava tregua. Si sentiva fiacco. Come quando la febbre si attacca a ogni pezzetto di pelle, ossa, cervello, e fa piazza pulita di ogni residuo di forza. Arrancava tra gli scheletri delle palazzine con gli occhi bassi. Gli attrezzi da lavoro gli parevano più pesanti che mai. Il caldo e le zanzare insopportabili.

Che cazzo c'ho?, si domandava dal giorno del funerale. Aveva la sensazione di aver commesso un errore. Uno bello grosso. Ed era convinto che avesse a che fare con Antonio. Ma non sapeva altro. Evitava suo fratello da settimane. Si limitavano agli scambi essenziali. E pensava che per il momento fosse meglio così. Voleva schiarirsi le idee. Capire perché Antonio avesse reagito in quel modo,

134

dopo il funerale della nonna. Tornare ad avere la situazione sotto controllo. E per farlo non c'era altro modo. Più si concentrava per trovare una soluzione, però, più gli pareva che quella si allontanasse.

Mamma. Il tizio del cavalcavia. Il cane. Oscar. Lo zio. Antonio.

Era successo tutto in meno di due mesi. E adesso le immagini di quello che aveva fatto lo tormentavano. A lui. Che era sempre stato in grado di mandare affanculo ogni emozione e sentimento.

Sollevò il martelletto pneumatico e prese a scassare certi blocchi di cemento. Serra lo osservava da lontano. Lo teneva d'occhio senza manco preoccuparsi che Paolo non lo notasse.

Quando mai mi sono fatto fottere da 'ste puttanate?

Affondò il martelletto con più decisione.

Mi devo incazzare. Sì. Devo far fare tutto alla rabbia. Lei lo sa.

La rabbia non lo aveva mai deluso. Lo avrebbe aiutato lei.

Braccia rigide, muscoli in tensione. Spinse l'attrezzo sempre più giù. Famelico, eccitato, ma con deliberata calma. Ecco, così doveva essere. Lui il martello, il mondo il cemento da spaccare.

Antonio era sdraiato sul letto di Italo, sfinito.

Aveva passato il pomeriggio a casa sua. Insieme avevano smontato dei vecchi mobili del soggiorno e li avevano sostituiti con i nuovi. Divano, libreria, cassapanca, tavolino da tè. Adesso, coricati vicini, spalla a spalla, ridevano come fosse tutto esilarante. Il condizionatore a palla, la luce calda del sole calante ad ambrare l'aria. Non avevano fumato, né bevuto, si erano trasmessi a vicenda il buonumore figlio dell'affetto reciproco. Antonio si sentiva leggero come se avesse potuto volare. Un formicolio lieve, brivido prolungato, lo pervadeva dalla gola alla pancia.

Decise di rincasare. Quella sera avrebbe voluto intercettare Paolo e provare a parlargli.

«Lo vuoi, il divano?» gli chiese Italo, alla porta.

«Il divano?»

«Eh».

«Ma che divano?»

«Quello vecchio che abbiamo smontato. Non c'ha niente che non va, è che mio padre c'ha la fissa di buttare tutto. Pensavo che invece di portarlo alla discarica puoi prendertelo tu, così non c'hai più bisogno delle sdraio, in cucina» sorrise.

Gli sarebbe piaciuto, avere un divano vero su cui guardare la tivù. Le sdraio erano vecchie e sfondate. E ci stava scomodo. Quando però aprì bocca per rispondere, quasi non fosse lui a parlare, si sentì dire di no «Stiamo a posto colle sdraio. Ci siamo affezionati».

Quella proposta gli aveva ricordato le persone ben vestite che, con le buste piene di cibarie, la domenica pomeriggio sfilavano all'entrata della cooperativa sociale di via Ariosto.

Si salutarono. Italo lo abbracciò e lo ringraziò. Antonio uscì.

Il Boxer era parcheggiato davanti il portoncino. Fece per infilare le chiavi nella toppa, ma con la coda dell'occhio notò qualcosa. Si voltò e, immediato, avvertì il sangue schizzargli al cervello. Giovanna era dall'altra parte della strada, all'ombra di un albero. Si alzò e lo raggiunse.

«Possiamo parlare?» esordì. «Ti prego. Solo cinque minuti».

Si accordarono per il bar nella parallela alla via di casa di Italo.

Lei andò a piedi, lui con il Boxer. Presero posto in fondo al locale e ordinarono. Lei una tisana, lui un caffè. Il cameriere si allontanò, loro rimasero in silenzio. Giovanna lo guardava fisso, pareva volergli scavare un buco in fronte.

«Sapevo di trovarti da Italo. È bello che siete ancora amici» commentò, e il suo sorriso si allargò. «Come sta? L'ho intravisto sulla porta, s'è fatto grosso».

«È la palestra».

Giovanna annuì.

Arrivarono le ordinazioni. Il cameriere sbagliò, madre e figlio si dovettero scambiare caffè e tisana. Lui facendo attenzione a non sfiorarle le dita. Lei, forse, cercando un contatto. Antonio mandò giù il caffè in un sorso solo, bruciandosi la lingua e la gola. Giovanna prese a sorseggiare lenta quella che Paolo avrebbe definito *acqua colorata per ricchi*.

Ma mamma adesso è ricca?

Lei posò la tazza sul tavolino e si pulì le labbra con un tovagliolo.

«Ma sei stata a Camporotondo tutti 'sti giorni?» si sentì domandare Antonio; la curiosità era troppa, non era riuscito a trattenersi.

«No. Sono tornata a Roma per qualche settimana. Dopo averti visto avevo bisogno di... be', sono dovuta tornare a Roma, ecco».

«Vivi a Roma, quindi».

«Sì. Da che me ne sono andata».

Silenzio.

«Come state?» provò lei, la voce le usciva appena.

«Io e Paolo? Bene, diciamo. La vita non è una favola, ma quella di nessuno lo è».

Giovanna fece sì con la testa. «Avete bisogno di soldi?»

Antonio soppesò i pensieri. «Paolo lavora, io mi sto cercando qualcosa. Non ce la spassiamo, ma siamo a posto». Non ne era del tutto cosciente, ma voleva farle pena, farla sentire in colpa e allo stesso tempo tenerla a una debita distanza di sicurezza.

«Paolo lavora?»

«Fa il muratore».

«Sicuro che non volete soldi? Posso darvene, se avete bisogno».

Lui scosse il capo, poi si irrigidì.

Era suo fratello, quello che aveva visto oltre la vetrina, dall'altra parte della strada? Il sole che tramontava gli feriva gli occhi, ma pensava di aver scorto la sagoma di Paolo. Era stato un attimo. Aveva alzato e abbassato lo sguardo, e credeva di averlo visto. Fermo, braccia penzoloni, accanto al tabaccaio. Quando era tornato a guardare in quella direzione, però, aveva visto il marciapiedi vuoto. Doveva esserselo immaginato.

«A scuola? Come va?»

«Bene, credo. Non mi piace studiare, ma lo faccio, se devo, e non c'ho voti brutti».

Giovanna sorseggiò la tisana. «E gli zii? Li sentite o li vedete?»

Aveva l'impressione che non si informasse per essere resa partecipe della loro vita, ma solo perché dovesse. Come fosse un dovere da assolvere. Sopracciglia arcuate, sorriso tiepido, zigomi che tremolavano. Manteneva in equilibrio precario un'espressione di totale partecipazione, ma con il resto del corpo, spalle dritte, gambe accavallate, braccia lunghe sul tavolino, dava la sensazione opposta.

«Li abbiamo visti qualche giorno fa. È morta la nonna. Ma per il resto no, direi di no».

«L'ho saputo... mi dispiace».

«Ma cosa, ch'è morta la nonna?»

Annuì, solenne. «Sandro m'ha scritto un messaggio».

«Tu e lo zio parlate?»

«Non proprio. Ha il mio numero. Gliel'ho dato quando mi sono trasferita, anche se non so perché l'ho fatto. Credevo fosse meglio che l'avesse, ma...» si fermò e riordinò i pensieri. «M'ha scritto quand'è morto papà e quand'è morta nonna. E nient'altro».

Antonio provò una rabbia acuta, al pensiero che Giovanna e Sandro avessero parlato. Si erano solo scambiati dei messaggi, ma si sentì lo stesso tradito. Un dolore viscerale fece capolino da una parte di sé che aveva seppellito in profondità. Emergeva. Scalava le pareti interne aggrappandosi agli organi e ai tessuti. Artigliando e graffiando. Non si mosse, non rispose. Rimase fermo e sostenne lo sguardo della madre.

Se solo Antonio avesse potuto esprimere un desiderio. Prostrarsi ai piedi di Dio e fargli un'unica supplica. Avrebbe chiesto di potere tornare indietro. Era sicuro che le cose sarebbero potute andare in modo diverso. Che se fosse cambiato qualcosa, dettaglio minuscolo, insignificante, tutto avrebbe avuto una fine differente e tutto avrebbe avuto senso. Antonio per tanto tempo aveva cercato di capire quale fosse stata la causa di ogni male, ma non c'era riuscito. Finché poi non si era detto che la verità era che erano malvagi. Tutti loro. Avevano commesso atti osceni. E non meritavano il perdono. Né la pace che andavano cercando, disperati e inconsapevoli.

«Perché hai aspettato un mese?» la domanda gli affiorò alle labbra.

Giovanna strabuzzò gli occhi e gli disse di non aver capito.

«Sei tornata in paese e sei pure venuta a casa, da noi. Ma poi sei sparita di nuovo. Perché?». Quel quesito gli pareva fondamentale. Non ne conosceva il motivo, ma ne aveva la certezza.

Lei scrollò le spalle.

Lui non parlò.

«Devi capire che non è facile per me» disse la madre, la voce rotta. «Ma sono tornata per voi. Per te e Paolo. Vi voglio bene, Antonio, siete parte di me e…» si interruppe e gli strinse le mani sul tavolo; piangeva. «Ho sbagliato… ho sbagliato e Dio solo sa quanto mi dispiace» affondò lo sguardo nel suo. «Ma possiamo essere una famiglia, adesso. Ricominciare. Daccapo. Insieme».

Antonio la guardò piangere e si scoprì impassibile.

Le dita di lei erano intrecciate alle sue, ma quel tocco non lo turbava. Non lo scalfiva. Provava solo rabbia. Una rabbia che non richiedeva alcuno sfogo. Adeguata a una posizione di difesa per cui non necessitava di fuoriuscire.

«Possiamo essere una famiglia… sì» balbettò Giovanna. «Sono tornata per voi, Antonio. Sono tornata per voi!»

Ci fu un lungo istante di silenzio, in strada un clacson strombazzò.

«Non me ne fotte niente» disse lui.

Giovanna si ritrasse e gli lasciò le mani. Occhi sbarrati, narici dilatate.

«Che vuol dire?» riuscì a proferire.

«Che non me ne fotte niente di te. Di te e delle tue stronzate».

«Ma... sono tua madre».

Antonio rise.

Lei si fece più indietro sulla sedia e si portò le mani al petto.

La odiava, adesso ne aveva la certezza. Odiava il suo perenne vittimismo, i suoi finti dolori, i suoi egoistici pentimenti. La detestava per ciò che era, non per chi era. E avvertiva quel sentimento così radicato in sé da sapere che le cose non sarebbero cambiate mai. L'avrebbe disprezzata per sempre. E sebbene il suo desiderio di normalità, la smania di essere come tutti, la voglia di essere accudito, amato, cullato, fossero grandi, giganteschi, sopraffacenti, quell'odio lo era di più.

«È tardi. Ficcatelo in testa. Hai mandato tutto a puttane e non c'è un cazzo che puoi farci». Le parole, cristallizzate per anni nel dolore, con l'emergere di quei sentimenti uscivano incontrollabili. «Ha ragione Paolo, sei una stronza. E a noi non ti ci devi avvicinare». Gli formicolavano le mani, voleva darle uno schiaffo. «Ti rendi conto di quanto sei patetica, a fare la vittima?» si fermò, scosse il capo. «Perché m'hai cercato a me, oggi? Perché pensi che sono quello debole?» e diede una manata al tavolino. «È così?» latrò. «È perché pensi che sono quello debole? Stronza, non c'hai capito un cazzo!»

Si alzò, diede un pugno alla parete e uscì dal bar.

Il cameriere gli urlava contro qualcosa.

Giovanna rimase seduta. Bocca spalancata, grosse lacrime a sbavarle il trucco. In faccia pareva avesse una maschera colorata.

Paolo parcheggiò la Punto di sbieco.

Salì i gradini a due a due, corse in bagno, vomitò. Mancò il cesso e sporcò muro e pavimento. Aprì la finestra per cacciare la puzza. Si sedette sul bidè. Si sciacquò la bocca. Si accese una sigaretta.

Non si era mai sentito così debole. Solo. Vulnerabile. Si diede un pugno a una gamba, digrignò i denti.

Provava un dolore lancinante alla testa, come se una spina spingesse per uscire dalle tempie. La fitta si trasferì alla fronte, al naso, agli occhi. E pianse. Le lacrime colavano sulla maglietta zozza di calcestruzzo e vomito. I singhiozzi gli facevano sobbalzare il petto.

Non ricordava quando avesse pianto l'ultima volta. Si era sempre tenuto tutto dentro, metabolizzando i dolori in una rabbia che lo aveva immunizzato alla sofferenza. O almeno, così aveva sempre creduto. Ma adesso, solo, il vomito a seccarsi sul pavimento, la sigaretta che si spegneva tra le dita, capiva che il dolore lo aveva solo accumulato. E ora stava collassando su sé stesso, misero.

Rumore di passi in corridoio. Aprì gli occhi. Antonio era sulla porta. Paolo si girò dall'altra parte e fece un gesto con la mano, come a scacciare un insetto. Un fruscio, e si sentì sfilare la cicca spenta dalle dita. Suo fratello la buttò dalla finestra e poi, movimenti lenti, accorti, si sedette accanto a lui. Gli passò un braccio attorno al collo e lo strinse a sé.

Paolo avrebbe voluto allontanarlo, ma era avido di quel contatto.

«Non sapevo nemmeno ch'era ancora in paese» disse Antonio.

Lui singhiozzò più forte.

Antonio lo aveva tradito. Suo fratello e sua madre si

erano incontrati. Avevano parlato. Forse, perfino di lui. Ed era quella fantasia masochista semi-vera a non dargli pace. Lo torturava con immagini di Antonio e Giovanna che piangevano insieme e si abbracciavano.

«M'ha fermato mentre uscivo da casa di Italo. M'ha chiesto di parlare e le ho detto sì. Siamo stati al bar dietro il Corso e abbiamo parlato». Fece una pausa. «Tutto qua».

«*Tutto qua*?» farfugliò. «Checcazzo significa *tutto qua*?»

Rimaseo in silenzio.

Fuori pareva che il mondo si fosse fermato.

«Sono io che sistemo i nostri macelli. Quelli veri. Quelli seri». Antonio aveva un tono deciso. «Lo sai pure tu ch'è così, anche se non lo ammetti manco a te stesso». Si accese una sigaretta. «Li sistemo io. Tutti quanti. E ho sistemato pure 'sta storia. Mamma non torna più. Adesso siamo soli per davvero. Io e te».

Il compito di Paolo era proteggerli. Sé stesso e Antonio. Ma non ne era in grado e se ne rendeva conto sempre troppo tardi. Tutte le volte che il mondo faceva incursione nella loro vita. Che qualcuno cercava di schiacciarli. Tutte quelle volte lui capiva di non essere all'altezza del compito, e lo capiva sempre quando era tardi. Era capace solo di aggiungere caos al caos, nella speranza che la confusione li salvaguardasse. E quando le forze gli venivano meno, non poteva far altro che arrendersi. Lasciarsi andare. Crogiolarsi in quella materia informe di autocommiserazione e tenerezza. Era di una dolce resa, che aveva bisogno.

«Scusa, io...» tentò Paolo.

«Hai detto che le scuse sono da finocchi, no?»

«Non lo capisco, che c'ho in questo periodo...». Paolo

143

continuava a singhiozzare, ma il pianto stava cessando. «È come se mi sento stanco, ma non lo so, perché. Come se c'ho troppe cose dentro e non posso più tenermele dentro tutte quante, come se... come se le devo buttare fuori, o mi s'ammassano dentro e poi mi fanno soffocare».

«C'hai paura, ecco che c'hai. Io ce l'ho quasi sempre ed è così che ci si sente, solo che tu non ci sei abituato, tu sei sempre incazzato e adesso non la capisci, alla paura».

Silenzio. Silenzio asfissiante.

«Quindi che devo fare?» implorò Paolo.

Antonio in risposta lo strinse più forte a sé.

Antonio si svegliò all'alba e non riuscì a riprendere sonno.

Bevve il caffè sul davanzale della finestra. Si infilò costume e maglietta, mise nello zaino infradito e telo da mare e andò in camera di Paolo. Gli disse che era ora di svegliarsi. Doveva andare in cantiere. E lui brontolò il suo dissenso. Poi uscì, montò sul Boxer e andò al porto.

Arrivò in anticipo. Fumò una sigaretta. Fece qualche foto al mare con il cellulare. Carezzò un gatto randagio che venne a strisciarglisi sulle gambe. Italo lo salutò con una pacca sulla spalla e, senza fermarsi, andando verso il pontile, si scusò per il ritardo; la sera prima, disse ammiccando, aveva fatto tardi.

Molleggiarono sulla passerella, raggiunsero il gommone, ci salirono su. Sistemarono le proprie cose, mollarono gli ormeggi e partirono. Andavano veloci incontro all'orizzonte, dritti al mare aperto. Lasciandosi alle spalle la terraferma con le case scrostate, gli alberi bruciati, le persone che morivano.

Guardò Italo che, serio, quasi corrucciato, guidava

con il timone saldo tra le mani. Guardò il mare che pareva spiegarsi solo per loro. E si sentì bene. Di nuovo leggero come se avesse potuto volare. Non vuoto, ma colmo di una materia che non lo zavorrava. Si chiese se fosse reale. Si chiese se fosse giusto. Si chiese se fosse vero. Ma si accorse che non gli importava. Si sedette a poppa, alzò la faccia e sorrise al cielo.

Si fermarono al centro del nulla, sistemarono i teli e si tuffarono.

Dalle casse del gommone veniva fuori una musica gracchiante, ma era un motivo allegro. L'acqua fredda, ma piacevole e calma. Il sole scaldava, ma senza bruciare. Non c'era niente di perfetto, ma era tutto in perfetto equilibrio. Sguazzarono e nuotarono lontani dal gommone. Uscirono dall'acqua, le dita grinzose, e si stesero al sole. Antonio preparò uno spinello. Italo tirò fuori dal frigo una bottiglia di gin e una di limonata, e si occupò dei cocktail. La schiena poggiata ai tubolari del gommone, brindarono e ci diedero dentro.

È il paradiso, questo. E può pure *essere una bugia, non m'interessa.*

Bevevano, fumavano, ridevano.

Antonio si sentiva in una bolla protettiva. Calato in quel mondo come fosse un luogo reale, con sembianze e caratteristiche proprie. La sua amicizia con Italo aveva consistenza quel giorno, una casa a metà strada tra loro stessi. Accogliente, incrollabile. Togliersi un paio di mutande non era complicato, il difficile stava nel saper calare le difese e scoprire il cuore davanti a un altro essere umano. E loro, nudi l'uno di fronte all'altro, di paura non ne avevano. Era questa la loro intimità, la materia delle pareti di quella casa.

«Devo dirti una cosa» annunciò Italo, mesto. Bevve un sorso di gin lemon e tirò dalla canna. «A ottobre mi trasferisco a Milano».

Ad Antonio andò di traverso il cocktail.

«Sono usciti i risultati dei test dell'università. E m'hanno preso».

Si sentì morire: stava per perdere Italo.

Cazzo, cazzo, cazzo, pensò, poi lo guardò e gli rivolse il miglior sorriso di cui era capace. Si complimentò con lui, gli disse che era contento e che se lo meritava. Brindarono ancora.

«Vieni anche tu» propose Italo.

«Ma dove, a Milano?»

Italo annuì.

Antonio rise.

«Sono serio» e gli si sedette davanti. «Avrò un posto tutto per me. Un appartamento della mia famiglia che i miei non hanno usato mai, e… insomma, se vieni possiamo dividerlo. Voglio dire, niente affitto da pagare. Capisci? Ti trovi un lavoro e…» lasciava le frasi a metà, impegnato a escogitare un sogno che lui stesso non aveva ancora elaborato fin in fondo.

«Va bene, facciamolo» fu la sua risposta, e ci credeva davvero.

Avrebbe dovuto abbandonare Paolo, Camporotondo e tutto quello che conosceva. Ma forse era ciò di cui aveva bisogno. Quella fantasia, lui e Italo a Milano, insieme, nella stessa casa, gli si piantò dentro nel profondo. Attecchì, rapida, e cominciò subito a crescere incontrollabile.

Finisco la scuola e vado a Milano. Mi trovo un lavoro e vivo con Italo.

Si immersero in quel sogno a occhi aperti. Insieme vagheggiarono di una città soleggiata, di un appartamento tutto loro, di una quotidianità serena. Immaginarono i dettagli in modo minuzioso, organizzarono tutto come se fossero dovuti partire il giorno dopo. Non sarebbe mai successo, forse, ma quel desiderio era un rifugio meraviglioso. Si tuffarono di nuovo in acqua.

Antonio non vedeva il fondale, né la terraferma. Ovunque si girasse non aveva limiti.

Paolo si stiracchiò come un gatto al sole.

Sbadigliò e stette a fissare il soffitto chiazzato di muffa. Il sonno lo aveva rinvigorito. Realizzò di aver fatto pace con Antonio, la sera prima, e un sorriso gli stese i lineamenti. Ma subito, come un pugno in faccia, fu colpito da un'altra consapevolezza. Terribile, questa.

Si mise a sedere. Guardò la sveglia. Bestemmiò. Andò in cucina. Si guardò attorno, fermo, corse in camera e riprese a bestemmiare. Indossò vestiti alla rinfusa, si mise chiavi, cellulare e portafogli nelle tasche e si ficcò in bagno.

Cinque minuti ed era in macchina.

Andava in cantiere, strombazzando disperato e sorpassando a destra e a manca. Guidava a scatti, urlava a nessuno.

Mezzogiorno, era in ritardo di tre ore.

Antonio lo aveva svegliato. Lo ricordava. Poi si era riaddormentato.

Parcheggiò. Raggiunse il container della Carlucci. Entrò. Non ci trovò nessuno e si diresse verso le palazzine in costruzione. Voci lontane, lo strillo della pialla, il tamburreggiare del martello pneumatico. Afa densa, soffocante. Una polvere sottile aleggiava bassa. Entrava nelle narici, nella gola, impastava le budella. Poco lontano da lui, Serra parlava con la segretaria, circondato da una squadra di muratori. Paolo si immobilizzò. Il capo cantiere alzò lo sguardo su di lui e lo fissò. Calmo, imperturbabile. Poi gli sorrise raggiante, compiaciuto, soddisfatto.

Per Paolo fu sufficiente.

Quel figlio di puttana era la miccia. Quel sorriso di merda la scintilla.

Non gli importava più di niente. Perché lui potesse sopravvivere, il mondo doveva bruciare.

Si mosse nella direzione di Serra. Prima lento, poi veloce. Veloce. Veloce. Veloce. Sempre di più. E quando lo raggiunse, senza parlare, senza respirare, senza pensare, gli diede un pugno in testa. Urlò, un cavernicolo che si apprestava alla lotta, e lo colpì di nuovo.

Fu il panico.

Antonio stava per accendere il secondo spinello.

Lui e Italo erano strafatti. Cotti da sole, alcol ed erba. Occhi arrossati, spalle bruciate. Avevano spento il cervello, dimenticato l'esistenza di un mondo all'infuori del loro. E quando sentirono squillare il cellulare, rimasero a fissarsi instupiditi. Poi Antonio si alzò di scatto e rispose, ma sentì solo urla ovattate e imprecazioni lontane. Uno schianto, altre grida e altri boati. Poi una voce di donna, tono allarmato, disse di essere la segretaria di una ditta di costruzioni. Disse che Paolo Acquicella aveva dato quel numero come contatto di emergenza. E disse che al cantiere c'era un'emergenza. Antonio la tempestò di domande. Ma lei non lo ascoltava e continuava a ripetere, sempre più allarmata, sempre più squillante, di venire al cantiere.

Antonio riattaccò e chiamò Nicola. Gli ordinò di prendere Carlo e di andare da Paolo. A Italo non dovette dire niente. Quando ebbe chiuso, lui aveva già messo in moto.

Paolo si ribellava. Urlava, scalciava, si dimenava.

Le urla si accavallavano in una bolgia infernale. I muratori, scesi dalle impalcature, erano nel piazzale. Alcuni cercavano di tenerlo fermo, di immobilizzarlo. Serra era di fronte a lui. Una ferita gli apriva la fronte, dal naso colonnine porpora. Paolo non gli staccava gli occhi di dosso. Intanto strillava, ringhiava, bestemmiava. Voleva ammazzarlo, staccargli la testa e spaccargliela. Diede un colpo di reni, portò indietro la schiena e si liberò. Con uno scatto raggiunse Serra e gli diede un pugno in faccia. Quello cadde, lui gli fu sopra e cercò di colpirlo di nuovo, ma venne tirato su e buttato a terra.

Paolo, steso di schiena, il sole in faccia, vide due uomini accanto a Serra. Non erano muratori, non li aveva mai visti. Alti, muscolosi. Afferrarono Paolo per le braccia e lo bloccarono. Mani dietro la schiena, poteva muovere solo collo e testa. Serra avanzò, gli sputò in faccia e gli diede un pugno sul naso. Milioni di stelle esplosero ai suoi occhi. Un altro colpo. Un altro. Un altro. Tutto divenne confuso. Ogni cosa girava, furiosa. La terra precipitava, lui con essa. Cercò di divincolarsi ancora e ancora e ancora, ma i bastardi lo tenevano fermo. E nel frattempo il capo cantiere lo colpiva. Uno schiaffo all'orecchio. Un pugno in pancia. Uno in faccia.

E il mondo si spense.

Antonio attraversava Camporotondo con una morsa allo stomaco.

Il Boxer a manetta, zigzagava tra le macchine. Era partito dal molo senza neanche salutare Italo. Preoccupato, mille voci a rincorrersi in testa. Aveva squillato il cellulare, aveva risposto senza fermarsi. Era Carlo, gli aveva detto di raggiungerli a casa: avevano portato Paolo lì.

Salì le scale rapido, e in cucina fu come se tutte le sue paure si fossero materializzate. Paolo giaceva su una sdraio. Piedi poggiati al muro, mani abbandonate sulla fronte. Carlo e Nicola gli erano accanto, braccia lungo il corpo, lo guardavano in silenzio. Antonio emise un gemito soffocato e mollò il casco, che rovinò sul pavimento con un tonfo.

«Non fare la femmina, sto bene» fece Paolo con la voce nasale.

Gli si avvicinò e sentì la terra mancargli da sotto i piedi.

Zigomi tumefatti, naso gonfio, labbra spaccate, occhi iniettati di sangue. Maglietta strappata, capelli incrostati di fango.

«Che cazzo è successo?»

Silenzio.

Carlo e Nicola si guardarono. Ad Antonio parvero quasi eccitati.

Paolo si alzò. Prese dal freezer una confezione di piselli surgelati e se la schiaffò in faccia. Si poggiò al davanzale e, le dita graffiate e sporche, si accese una sigaretta «Mi sono rotto i coglioni di chiedere scusa. Le scuse sono da finocchi, no? L'hai detto pure tu, no? E mi sono pure rotto i coglioni di avere paura. E allora ho fatto quello che faccio sempre, com'hai detto tu. Mi sono incazzato».

Antonio non ebbe il coraggio di rispondere.

Non era questo che intendeva. Lui avrebbe voluto solo tornare alla normalità. Non doversi occupare di niente e nessuno. Pensare alle banalità come fossero grandi cose.

Che il mondo riprendesse a girare sotto la spinta di qualcun altro. Ma forse qualche giorno prima, in bagno con suo fratello, senza manco accorgersene, aveva desiderato che il mondo si distruggesse. E aveva espresso quel desiderio a Paolo.

«Basta cazzi nel culo. Se vado giù mi tiro appresso tutto quanto».

Notte senza stelle.

Paolo, alla finestra, le cercava con il naso all'insù.

Si girò, bevve altra vodka. La cucina in penombra, al tavolo sedevano Antonio, Carlo e Nicola. Per tutto il pomeriggio in casa si era respirata un'aria pesante, ma adesso che erano ubriachi l'atmosfera si era alleggerita.

Guardò l'orologio alla parete. Le due.

I suoi amici e suo fratello chiacchieravano, beati. Erano troppo tranquilli, loro. Gesti lenti, sguardi spenti, posture rilassate. Ma non le avvertivano, le scorie che cercavano di divorarli? Lui se le sentiva ovunque e non riusciva a ignorarle. Gli si arrampicavano sulla pelle. Si infiltravano nella bocca, nella gola, nell'intestino. Pulviscolo che gli si ammonticchiava nelle interiora. Che si calcificava attorno agli organi. Che lo riempiva fino a soffocarlo. Per liberarsene, Paolo necessitava di vie di fuga.

Mamma. Il tizio del cavalcavia. Il cane. Oscar. Lo zio. Antonio. Serra.

«Andiamo» decise. «Dobbiamo andare. Forza. Andiamo».

Carlo e Nicola si scambiarono un sorriso e si alzarono. Nei loro occhi Paolo scorse una scintilla selvaggia. I due presero la vodka e uscirono di casa.

«Dove andate?» domandò Antonio con un filo di voce.

Paolo non rispose. Suo fratello lo sapeva, dov'è che andavano.

«Non lo devi fare per forza» disse Antonio.

«Sì che devo».

«Perché?»

«Perché sennò diventiamo morti che camminano».

Erano le tre di notte, adesso.

Paolo, Carlo e Nicola, poggiati alla fiancata della Mito di Carlo, tenevano gli occhi incollati alla villetta dall'altra parte della strada. Una casa moderna, grigio scuro, pareti lisce, profilo spigoloso. Frinire di cicale, un cane che ululava in lontananza. La via era buia. Loro tre fumavano senza parlare e bevevano a turno. Ubriachi. Eccitati.

«Voglio farlo...» bisbigliò Nicola. «Voglio farlo, sì... adesso!»

«Facciamolo!» lo aizzò Carlo scuotendo la bottiglia di vodka.

Paolo annuì. Nel petto gli si agitava qualcosa. Tutto ciò che gli importava era sopravvivere. E quel gesto, quella notte, gli era necessario.

Si prepararono. In testa si misero dei sacchetti per l'immondizia. Li posizionarono cosicché i fori corrispondessero a occhi e bocca. Per fissarli si passarono attorno al collo il nastro adesivo. Indossarono le felpe, ma al contrario per nascondere il marchio della ditta del padre di Nicola. Presero un sasso e una mazza a testa. Pietre grosse come un pugno, tubolari di ferro poco più lunghi di un braccio.

L'ultima sorsata di vodka. Una sorsata avida.

Attraversarono la strada, il giardino. Furono sul retro

della casa. Passi felpati per non far rumore sulla gramigna secca. Buio impenetrabile, silenzio fragile. Il mondo, il cielo, l'inferno si erano fermati a guardarli. In veranda le assi di legno cigolarono traditrici, ma non accadde nulla. Paolo si affacciò alla finestra, persiane aperte, tende scostate. E guardò dentro. La tivù illuminava la stanza. Sulla poltrona si intravedeva la pelata di un uomo, mano sinistra ciondolante oltre il bracciolo. In terra lattine di birra, cartacce. Serra dormiva.

Ora o mai più.

Paolo si girò e fece un cenno agli altri. Il cuore martellava, le gambe tremavano. Caricò, portò il braccio all'indietro e lanciò il sasso contro la finestra. Carlo e Nicola lo imitarono, rapidi, e il vetro andò in frantumi.

Fecero irruzione.

Paolo tirò dritto. Menò la mazza. Lo colpì in testa. Un fiotto di sangue imbrattò la parete. Serra cadde per terra, rigido. Gli diede un calcio in faccia, sotto il tacco sentì la cartilagine del naso andare in pezzi. E ancora, ancora, ancora. Prima alle braccia, il bastardo si parava con quelle, poi al bacino e alle ginocchia. Si voltò, Carlo e Nicola giravano per la stanza e distruggevano tutto. Rompevano mobili, elettrodomestici, foto alle pareti. Rapiti da una febbre che li aveva annullati, ubriachi di potere e violenza. Paolo li guardava. Fiato corto, uccello a premere sulla patta. Abbassò gli occhi. Serra si contorceva e mugolava. Si chinò. Lo afferrò per il collo. Lo mise a sedere contro la parete. Gli bloccò il capo con le mani. La faccia una maschera di sangue, gli colava dalla fronte, dal naso, dalla bocca. Gli mise le dita sulle palpebre e gliele alzò. Voleva che vedesse.

Proruppe un urlo.

Sovrastò il fracasso della distruzione, i lamenti di

Serra, il tambureggiare del cuore di Paolo. Sulla porta c'era una ragazza in pigiama. Capelli scompigliati, piedi nudi sui cocci di vetro, mani alla testa, bocca spalancata. Paolo, le dita sulle palpebre del capo cantiere, la fissava, muto. Serra, lento, si girò e la guardò. Sulla faccia ricoperta di sangue, la sclera degli occhi di un bianco accecante. Carlo e Nicola erano come appesi. Braccia alzate, gambe spalancate, parevano due orango. La ragazza strillò di nuovo, poi si voltò e tentò la fuga, ma Nicola fu più veloce. L'afferrò per i capelli e l'atterrò. Cadde di schiena. Il tonfo della testa sulle mattonelle fu tremendo.

«No...» gemette Serra. «No... no...»

Carlo e Nicola erano in attesa di ordini, ma Paolo era inebetito.

Quel pomeriggio, quando avevano organizzato la rappresaglia, non era passato loro per la mente che potesse esserci qualcun altro, in casa con Serra. La moglie, la fidanzata, la sorella, chiunque fosse la ragazza stesa a terra era un effetto collaterale che non avevano considerato.

Lei non c'entra.

Poi accadde, e accadde tutto in una frazione di secondo. Serra diede una gomitata a Paolo. Si alzò di scatto. Corse verso Carlo e Nicola, ululando inferocito. Assestò un pugno al primo e spinse il secondo. Stava per chinarsi sulla ragazza, ma Paolo gli fu addosso. Lo colpì sulla nuca colla mazza, e quello svenne.

Calò il silenzio.

Nicola si agitava, debole. Carlo piagnucolava, spaventato. La donna singhiozzava, sommessa. Paolo li squadrò uno per uno. Poi si guardò attorno e urlò a niente e nessuno.

I tre adesso, spalla a spalla, osservavano la ragazza, che intanto si era ritratta contro la parete. Tremava, piangeva. Li fissava con tanto d'occhi.

«E questa chi cazzo è?» fece Nicola.

«Dev'essere la sua troia» rispose Carlo con sdegno. «Sei la sua troia, vero?»

Lei non fiatò.

«'Sto bastardo m'ha fatto male» si lamentò Nicola con la mano sul mento, e sputò al corpo di Serra. «Svegliamolo. Voglio spaccargli il culo. 'Sta merda la deve pagare».

«C'ho un'idea migliore» bisbigliò Carlo, con gli occhi alla ragazza.

Silenzio.

Paolo guardava Carlo e Nicola. Carlo e Nicola guardavano la donna. La donna teneva lo sguardo vuoto sul pavimento.

«Sei una troia...» sibilò Carlo. «E allora adesso fai la troia» e le si avvicinò; lento, lentissimo.

Lei dapprima parve non capire, poi strillò e prese a scalciare l'aria.

Paolo a quelle grida avvertì una ventata gelida. Gli erano familiari. Familiari in un modo che gli fece accapponare la pelle. In quelle urla, nella sofferenza di cui erano pregne, riconobbe il pianto di sua madre. Il guaito del cane. Lo stridio delle gomme sotto al cavalcavia. I lamenti di Oscar.

Nicola e Carlo la fissavano. Muti, fermi. Lei si dimenava e gridava.

«Smettila!» ragliò Carlo, e le diede una pedata. «Sei una troia, fai la troia».

Lei in risposta gli diede un calcio a sua volta, mirando alle palle e centrando un ginocchio. Lui barcollò e bestemmiò. Poi, rapido, l'afferrò per i capelli, la strattonò e la costrinse a pancia sotto. Schiacciandole la faccia a terra. Nicola le fu sopra e le bloccò le mani dietro la schiena, le spalle contro il pavimento. Carlo le montò sopra. Le abbassò pantaloni e mutandine, armeggiò con la zip e se lo tirò fuori, duro nelle mani. Nicola lo guardava stregato. Occhi sbarrati, respirava forte contro il sacco nero che aveva in testa.

La ragazza strillava, piangeva, batteva i piedi.

Le rispondeva il silenzio.

Paolo riuscì a muoversi solo allora.

Allungò il braccio. Prese Carlo per il collo e lo spedì dall'altra parte del soggiorno. Afferrò Nicola dai capelli e lo fece finire contro la tivù distrutta. Non fiatò, non parlò. Quando i due riuscirono ad alzarsi, con un movimento della mano ordinò loro di uscire. Per qualche secondo nessuno fece niente. Ognuno da una parte diversa della stanza, stettero a guardarsi. Paolo per la prima volta da che si conoscevano pensò che lo avrebbero sfidato. Ma non lo fecero. Carlo e Nicola obbedirono. Uscirono dalla casa. Lui si guardò attorno. Poi li seguì. La ragazza, mezza nuda, singhiozzava per terra.

Fuori, il cielo era pieno di stelle.

Antonio si svegliò tardi.

Avvilito dallo stress, cotto dal sole, ubriaco fradicio, la notte prima si era addormentato non appena Paolo, Carlo e Nicola era usciti di casa. Si era svegliato un'ora dopo e suo fratello non era ancora tornato. Era rimasto a letto, occhi sbarrati, fino alle quattro del mattino. Aveva sentito la porta d'ingresso aprirsi e richiudersi. Ed era crollato.

Attraversò il corridoio, ma sull'uscio della cucina si bloccò. Carlo e Nicola erano sulle sdraio, addosso solo le mutande. Russavano piano. Entrò, si chiuse la porta alle spalle e raccolse i loro vestiti, disseminati ovunque. Li prendeva. Jeans accanto al lavabo, maglietta davanti alla dispensa. E li lanciava ai due che dormivano.

«Che fai?» chiese Nicola, rincoglionito dal sonno, togliendosi un calzino dalla faccia.

«Dovete andarvene» disse Antonio, sbrigativo. «Adesso. Forza».

«Ma ch'è?» si tirò su pure Carlo, stropicciandosi la faccia e sbadigliando.

Antonio si mise ritto davanti a loro. «Andatevene, v'ho detto».

«Ma che ti prende?» Nicola guardò l'orologio. «Sono le dieci!»

Lui sferrò un calcio alla sdraio e lanciò loro un'occhiata gelida.

Qualche secondo e, senza parlare, Carlo e Nicola si alzarono, si vestirono e uscirono.

Antonio, calmo, lento, aprì il frigo e prese uova e prosciutto. Voleva preparare una bella colazione. Di quelle che facevano in America. Uova strapazzate, prosciutto fritto, toast e latte, biscotti, cereali, frutta. Voleva cucinarla per lui e per suo fratello. E non voleva nessuno tra le palle.

Solo lui e Paolo.

Paolo fu destato da un vuoto che stazionava tra il petto e lo stomaco.

Passi in corridoio. La voce di Antonio, dura, cattiva. Parlò Nicola, confuso, si lamentò Carlo, spaventato, poi un tonfo e fu silenzio. Tramestio. La porta d'ingresso che sbatteva. Quiete. Paolo prese una sigaretta e fumò da coricato. Nudo, madido di sudore, gambe spalancate. Il sole era alto, scaldava già come un forno.

Andò in cucina.

«Ho fatto la colazione» lo accolse il fratello.

Uova strapazzate, prosciutto fritto, pane tostato, latte, biscotti, caffè. Nella stanza aleggiava un buon profumo, in tivù c'era Mtv. Mise un braccio sulle spalle di Antonio e lo strinse a sé.

Per la prima volta da tempo sentì di poter mollare la presa. Di potersi rilassare. Fermare. Quel giorno non ci sarebbe stata ragione di lottare.

«C'ho un piano coi fiocchi per oggi» disse Paolo qualche minuto dopo, la bocca piena di uova. «Ci facciamo un cannone grande così, poi tu esci e vai a comprare la carne. Salsicce, bistecche e tutto quello che ti pare. Io ti preparo una sorpresa. Okay?»

Antonio disse di sì.

«Ce la spassiamo, oggi...» mormorò Paolo. «Solo io e te».

Il fratello gli aveva dato cinquanta euro e gli aveva detto di comprare tutta la carne che voleva. Antonio aveva obbedito, contento. Era passato da casa di Italo, mentre era in centro, e un paio di ore dopo era tornato a casa.

Parcheggiò e salì, ma dentro non trovò nessuno. Chiamò Paolo: niente. Lo chiamò più forte e, stranito, si affacciò alla finestra della stanza da letto. Lo vide in giardino, l'erba alta a cingergli la vita. Scese le scale e andò sul retro, quando lo raggiunse rimase senza fiato.

Paolo aveva fatto una magia.

La veranda sul giardino era stata ripulita da cima a fondo. Il barbecue pronto all'uso di fronte a una bacinella piena di ghiaccio e lattine di birra. Il tavolo da ping pong rimesso in sesto. Al centro di tutto la vecchia vasca da bagno. L'avevano divelta anni prima, Stefano non la sopportava, e l'avevano lasciata a morire in veranda. Ma adesso era di un bianco accecante, colma di acqua limpida.

«Ci facciamo due birre nella vasca, che l'ho riempita col tubo e l'acqua è bella fresca. Qualche partita a ping pong. E la carne sul barbecue» sorrise soddisfatto. «Che c'è di meglio?»

Niente. Per Antonio non c'era niente di meglio.

I fratelli Acquicella si misero in mutande e si ficcarono nella vasca.

Brindarono con le birre, si accesero una sigaretta. Paolo portò indietro il capo. I raggi del sole gli investivano la faccia mezzo scassata. Aprì gli occhi. Il giardino, la recinzione, gli alberi, le colline erano sottosopra. Gli fece uno strano effetto vedere il mondo al contrario.

«Pensi che la nostra vita era diversa se riuscivamo a vedere le cose in un altro modo?»

«Che intendi?» rispose Antonio; con la punta degli alluci sfiorava le braccia del fratello.

Paolo ci rifletté, testa rovesciata all'indietro. «Che siamo stati sfigati. C'abbiamo avuto una vita di merda, fino a ora». Rise. «Ma forse un po' è stata pure colpa nostra. Forse se riuscivamo a vedere le cose in un altro modo, riuscivamo pure a trovare quelle belle. A trovarle e a vederle. A vederle per come sono, intendo. A vederle davvero. A capirle».

Antonio pensò a Italo, alle giornate in gommone e alle

serate alla vecchia cascina. Pensò ai suoi genitori, a quando suo padre non si ubriacava e sua madre non scappava e insieme passavano le domeniche al mare. «Però le cose belle le abbiamo trovate lo stesso. Insomma... alla fine, se ci pensi, siamo riusciti a trovarle e a vederle pure se tutto fa schifo, no?»

Si fece più giù nella vasca. Paolo adesso aveva l'acqua alla gola.

«Sì, siamo riusciti a trovarle. Ma forse non le abbiamo mai capite davvero» disse.

*Aveva imparato la lezione peggiore
che la vita possa insegnare:
che non c'è un senso.*
Philip Roth, *Pastorale americana*

*Un paio di piloti da caccia ribelli
che volano senza destinazione,
non ti conosco bene
ma penso che tu possa essere come me
e comportarti in modo anormale.*
Lorde, *Homemade dynamite*

*Il mondo cambiò e la sua esistenza divenne importante,
degna di essere raccontata.*
Niccolò Ammaniti, *Come Dio comanda*

Sette anni dopo

Ciao Paolo, come stai?

Io sto bene. Ho molte cose da raccontarti, ma sono sicuro che le sai già. Mi piace pensare che ti trovi in un bel posto, e che da lì mi guardi e mi proteggi. Italo dice che devo farci attenzione, a queste cose. Mi possono consumare il cervello, dice. Io ci ho sempre fatto attenzione, ma oggi è un'occasione speciale e volevo parlarti, scriverti.

C'è stata la sentenza, stamattina. Serra si farà venticinque anni.

È finita, Paolo. È finita per davvero.

Mi sento più leggero, ma non sono né felice né soddisfatto. Qualcosa mi zavorrava, e adesso che questa storia si è conclusa quel peso non c'è più, ma non sto come pensavo che sarei stato. È una vittoria, la nostra, ma è come se non potessi inghiottirla. Come se continuassi a tenerla in bocca, a masticarla senza ragione. Il fatto è che non riesco ad andare avanti. Ho cambiato tutto. Ho cambiato vita, ho cambiato piani. Ho cambiato il presente e il futuro, ma il passato resta quello che è, e ha gli artigli lunghi.

Vivo a Milano. Abito con Italo, ma quest'anno si è laureato e il prossimo andrà a stare da Lilia. Dice che la ama, che la vuole sposare, che vuole farci dei bimbi. Penso che sia troppo giovane, ma sai com'è Italo. Io rimarrò nell'appartamento in cui stiamo adesso. Di matrimonio e di donne non voglio sentirne. Ho avuto delle relazioni, un paio lunghe, un paio serie, ma finisce sempre che si rovinano. Non lo so perché, si rovinano e basta.

Lavoro a un pub in centro, anche se quello che vorrei sarebbe aprirmi un posto tutto mio. Uno dove la gente possa sedersi, bere un calice di vino e mangiare del formaggio. Chissà... un giorno, forse.

Mi sono iscritto in palestra. Vado al cinema tutti i giovedì. A una scuola serale tre volte a settimana. Esco con gli amici tutti i week end. Le cose potrebbero andare meglio, ma non mi importa. Prima mi importava, ma adesso no. Ho imparato a bastarmi. Ho capito di essere la brutta copia di una cosa in continuo divenire. Che altro non sarò mai se non la bozza di chi sarò domani. E allora perché preoccuparmi?

La mia vita è tutta qui. Niente di emozionante, è vero, ma mi va bene così. Volevo un po' di tranquillità, e l'ho trovata. All'inizio è stato orribile. Quando ti hanno strappato da me, la terra era un inferno. Bruciava tutto. Mi sentivo solo, non trovavo il senso di niente. Ti vedevo a ogni angolo, ti sentivo a ogni scricchiolio. Eri in cucina, in corridoio, in camera da letto, eri in una porta che cigolava, in un tintinnio di bicchieri, in uno scroscio d'acqua. Eri morto, ma vivevi ovunque e da ogni cosa chiamavi il mio nome. Io gridavo, mi sgolavo, piangevo, ma non potevo raggiungerti. E mi si spezzava il cuore. Non sono riuscito a dormire per mesi interi. Confondevo la notte con il giorno. Quando poi crollavo, avevo gli incubi e ti vedevo morire ancora e ancora e ancora. Ho cercato di convincermi che era un'illusione. Pregavo di essere diventato pazzo e di tornare a una realtà dove era tutto alla rovescia e tu c'eri ed eri con me. Ma poi ho capito che di illusioni abbiamo vissuto quando eravamo ancora insieme. Allora ho cercato di concentrarmi sull'ultimo giorno della nostra vita. Quando siamo stati nella vasca a bere birra, abbiamo giocato a ping pong e arrostito la carne sul barbecue in giardino. Mi aggrappavo a quei ricordi, sistemati su un altarino nella mia testa, ma l'usura ha finito per consumarli e oggi sono quasi svaniti. Non ricordo la temperatura dell'acqua, il rumore della pallina, il profumo della carne. Tutto si riduce a quella sera stessa, appena qualche ora dopo. Al calore del tuo sangue sulle mie mani, al boato degli spari, alla puzza che fa la morte. Per il mio compleanno ho cercato di uccidermi, ma non ci sono riuscito. A quel punto Italo mi ha portato a Milano con la forza, quasi. Mi ha salvato la vita, ma in principio mi pareva il contrario e alla fine questa è stata la cosa che mi ha sorpreso di più. Il fatto che chi ti sta accanto possa farti credito di forza e di amore, aspettando, poi, che tu restituisca quella forza e quell'amore, ma senza mai chiederle indietro per davvero. So che odi queste cose melense, però è la verità.

Italo mi ha aiutato più di chiunque altro, per certi versi, e molto lo devo anche a Oscar. Si è presentato al tuo funerale, è stato gentile, e siamo rimasti in contatto. Vive a Milano pure lui e capita che ci vediamo per una birra. Mi ha raccontato di voi due, sai? Ci ha messo un mucchio di tempo e ha pianto un sacco, per farlo, ma si vedeva che si doveva liberare. È un bravo ragazzo, penso che ti avrebbe fatto bene. E voglio che tu sappia che mi piace e che lo avrei approvato, diciamo.

C'è una cosa che voglio chiederti, ed è l'ultima che ti scrivo: puoi scusarti con papà da parte mia? Il perché lo sai, lo hai sempre saputo. Non sono mai stato capace di nasconderti niente, io. Digli che quando l'ho fatto pensavo di farlo per lui, per liberarlo da sé stesso, ma poi ho capito di averlo fatto per noi, per me e per te, e per paura che diventassimo come lui. Ma quando ho tirato giù la tivù, quella notte, ho ucciso la parte migliore di noi due. E questo non me lo perdonerò mai.

Mi manchi, Paolo. Ti parlo nella mia testa tutti i giorni.

Eravamo malati di desiderio. Scintille nel buio, abbiamo illuminato la notte e siamo bruciati di incanti e meraviglie.

E di questa certezza vivrò per sempre.

Tuo,
Antonio

Ringraziamenti

Questi non sono solo dei ringraziamenti, ma anche e soprattutto delle dediche. Dunque sappiate che, se figurate in questo sfortunato elenco, non vi sto unicamente esprimendo tutta la mia incondizionata gratitudine, ma sappiate anche che vi sto dedicando ogni pagina, riga, parola e lettera di questa breve storia triste – per quel che vale, s'intende.

A mia mamma, mio papà e mio fratello, perché è vero che tutte le famiglie felici si somigliano e che ogni famiglia è infelice a modo suo. Ma noi non siamo mai stati in grado di distinguerle, felicità e infelicità, e in questa eterna, favolosa ricerca di conflitto abbiamo trovato un equilibrio.

A Livio Lo Faro, perché tieni in piedi il mio mondo nonostante tutto. Nonostante le separazioni, i riavvicinamenti, i colpi ai reni. Nella marea che ci sospinge, è la capacità di tenerci saldi l'uno all'altro a renderci immortali.

Ad Antonio Finocchiaro, perché con te l'esistenza è questo: stringere a sé con ostinazione chi fa della vita l'inferno più bello. Sei stato la goccia che ha fatto traboccare il vaso. Benedetta goccia, maledetto vaso. E sei sempre con me.

A Giulia, Emilio, Livio, Enrica, Nicoletta, Claudia, Giuliana, Giuliana, Giulia, Lorenzo, Silvia. Perché poteva andare male, 'sta vita, ma finora siamo stati tutti capaci di guidarci a vicenda.

A Luigi Spagnol e Hanne Ørstavik, perché avete creduto in me e mi avete fatto scoprire che l'inatteso può accadere. Per questo, e per le persone e per gli intellettuali che siete, avrete sempre la mia stima, il mio affetto e la mia gratitudine.

Ad Alessio Cuffaro, perché mi hai insegnato a scrivere come fossi tornato alle elementari; nella speranza che non suoni come un atto d'accusa.

Ad Angelica e Maria Carmela Sciacca e alla loro piccola libreria, la Vicolo Stretto. A voi e a tutti i librai e le libraie di questo paese. Perché combattete per tutti noi.

E infine grazie anche a voi, Antonio e Paolo. Vi ho maltrattati, lo so, ma qualcuno doveva pur mettere ordine nel mondo. E giacché non sono mai stato capace di vivere io stesso, ho fatto vivere voi.

Indice

RITANNA ARMENI

MARA

Mara è nata nel 1920 e ha 13 anni quando comincia questa storia. Vive vicino a largo di Torre Argentina. Il papà è bottegaio, la mamma casalinga. Ha un'amica del cuore, Nadia, fascista convinta, che la porta a sentire il Duce a piazza Venezia. Le piace leggere e da grande vorrebbe fare la scrittrice o la giornalista. Tanti sogni e tante speranze la attraversano: studiare letteratura latina, diventare bella e indipendente come l'elegante zia Luisa, coi suoi cappellini e il passo deciso e veloce. Il futuro le sembra a portata di mano, sicuro sotto il ritratto del Duce che campeggia nel suo salotto tra le due poltrone. Questo è quello che pensa Mara, e come lei molti altri italiani che accorrono sotto il Suo balcone in piazza Venezia. Fino a che il dubbio comincia a lavorare, a disegnare piccole crepe, ad aprire ferite. Tra il pubblico e il privato la Storia compone tragedie che riscrivono i destini individuali e collettivi, senza eccezioni. Quello che resta è obbedire ai propri desideri: nelle tempeste tengono a galla, e nei cieli azzurri sanno disegnare le strade del domani.

PONTE ALLE GRAZIE